AF203999

2016 Susanna Herrmann

Verlag: tredition GmbH, Hamburg

ISBN
Paperback   978-3-7345-2105-8
e-Book   978-3-7323-7387-1

Printed in Germany

Susanna Herrmann

Aus dem Leben einer Frau

Ist Ihnen eigentlich schon einmal aufgefallen, dass die meisten Liebesromane mit einem Happy End enden? Am Anfang steht eine Frau, die unglücklich und unzufrieden mit ihrem Dasein ist, dann trifft sie den Mann ihrer Träume, erobert sein Herz und unter ganz romantischen Umständen kommen sie sich näher und werden ein Paar, Ende. Aber haben Sie sich schon mal gefragt, wie es weitergeht? Was passiert in einer Beziehung zwischen Mann und Frau nach, sagen wir mal, 5 Ehejahren? Ist es überhaupt möglich, ein Leben lang das Prickeln und die Schmetterlinge im Bauch zu erhalten? Nun, ich denke nicht. Oder doch?

Mein Mann und ich trafen uns 1995 in Berlin. Ich arbeitete damals bei einer kleinen Zeitung und schrieb freiberuflich Kolumnen. Mein Hauptaugenmerk richtete ich dabei auf die Obdachlosen und ihr Leben auf der Straße. Der Job machte mir großen Spaß, auch wenn er wenig lukrativ war. Aber die Geschichten, die ich auf der Straße zu hören bekam, die Schicksale und Emotionen, bewegten mich. Als ich dann wieder einmal in die Redaktion kam, wie immer viel zu spät, aber mit einem super Artikel im Gepäck, sah ich Marc zum ersten Mal. Da stand er, am Tresen im Foyer, und lächelte mich an. Er sah gut aus, braun gebrannt, lockige kurze Haare und strahlend blaue Augen. Festen Schrittes kam er auf mich zu, reichte mir die Hand und stellte sich als Marc Jones vor. Er sei der neue Chef aus Florida und hoffe auf eine gute Zusammenarbeit. Als ich die erste Schrecksekunde überstanden und meine Fassung wiedergewonnen hatte, stellte ich mich ebenfalls kurz vor und folgte ihm in sein Büro.

Ohne einmal aufzublicken und mit sehr ernster Miene, las er meinen Artikel. „Nun", er machte für meinen Geschmack eine zu lange Pause, „ganz nett. Seite 10, aber den nächsten Artikel hätte ich gern sozialkritischer und bissiger." Wie bitte? Hatte ich mich verhört? Bislang wurden meine Artikel immer auf Seite 3 gedruckt und was heißt hier bissiger und kritischer? Es geht doch nicht darum, über diese Menschen zu urteilen, sondern vielmehr darum, wie sie ihren Alltag unter den schwierigsten Bedingungen meistern und dennoch ihre Würde behalten. Was bildete sich dieser aufgeblasene Heini aus Übersee überhaupt ein? Noch nie hatte Einer meine Artikel in Frage gestellt. Mein Puls war auf 180, als ich das Büro damals verließ. Ich war nie besonders gut darin, mit Kritik umzugehen. Selbstkritik war ein echtes Fremdwort für mich. Aber wie sich später herausstellte, war es genau dieser emotionale Auftritt von mir, der ihn so fasziniert hatte. Marc war es nicht gewohnt, auf Gegenwind zu stoßen. Er war der Sohn von Robert Jones, des Herausgebers einer der größten Zeitungen in Amerika. Widerstand gab es da nicht, er war der Sohn des Chefs, sein Wort war Gesetz. Ihm gefielen mein Kampfgeist, mein unerschütterlicher Optimismus und der Wille, meine Ziele, koste es, was es wolle, durchzusetzen. Zu diesem Zeitpunkt wusste ich das noch nicht. Marc Jones hatte es gewagt, meine Arbeit zu kritisieren, und wurde dadurch für mich zum Staatsfeind Nr. 1. Er wollte, dass ich bissiger schreibe, also bekam er Artikel geliefert, die sachlich korrekt und völlig emotionslos die missliche Situation der sozial Schwachen in unserem Lande wiedergaben. Es hagelte nur so von Beschwerden meiner „Fans" in der Redaktion. Nach circa 4 Monaten durfte ich wieder schreiben, was und wie ich es wollte. Diesen Kampf hatte ich gewonnen. Aber auch Marc ließ nicht locker. Nachdem ich die ersten Einladungen zum Abendessen durch Ausflüchte erfolgreich ausschlagen konnte, musste ich die Einladung zur Weihnachtsfeier wohl oder übel annehmen. Ich ahnte nicht, dass dies nur ein Vorwand war. Als ich das Restaurant betrat, waren dort weder andere Gäste, geschweige denn Kollegen anzutreffen. Der Einzige, der an dem Tisch, gedeckt für zwei Personen, saß, war Marc. Am liebsten wäre ich auf dem Absatz umgedreht und wieder rausmarschiert. Aber genau das verbot mir mein Stolz. Ich hatte zugesagt, also werde ich den Abend auch durchziehen. Amüsieren musste ich mich ja nicht. Aber allen Vorsätzen zum Trotz, der Abend war traumhaft. Wir haben uns unheimlich gut unterhalten, getanzt und gelacht. Es war der romantischste Abend, den ich je mit einem Mann verbracht habe. Als er mich an diesem Abend wieder vor meiner Haustür absetzte, war all der Ärger der letzten Monate verschwunden. Mein Puls raste, wie an dem Tag, als ich ihm das erste Mal im Foyer gegenüberstand. Seit diesem Abend haben wir uns regelmäßig getroffen, haben verschiedene kulturelle und sportliche Veranstaltungen gemeinsam besucht und uns heftigst ineinander verliebt. Wir waren ein Wochenende in Paris, ohne irgendetwas von der Stadt gesehen zu haben, da wir einfach nicht aus dem Bett gekommen sind. Wir sind nachts Händchen haltend durch Berlin gelaufen und haben uns unter jeder Laterne geküsst. Es war die schönste Zeit meines Lebens.

Mittlerweile sind wir seit 5 Jahren verheiratet, haben zwei Kinder und leben in einer stattlichen Villa am Tegernsee. Marc hat einen Verlag in München übernommen und arbeitet eigentlich rund um die Uhr. Ich sitze zu Hause und kümmere mich um unsere zwei drei- und fünfjährigen Kinder, Jane und Harry. Anfangs war es auch O.K., ich war den ganzen Tag beschäftigt, habe mit den Kindern gefrühstückt, wir sind spazieren gegangen, haben Erlebnistouren in den Tierpark und in die Natur gemacht. Aber leider immer nur zu dritt. Gut, manchmal ist auch Isabel, unser Kindermädchen, mitgekommen. Aber Marc hat leider überhaupt keine Zeit mehr für uns oder für mich. Abends kommt er völlig fertig aus dem Büro und eh ich ihm irgendetwas erzählen kann, ertönt ein lautes Schnarchen von der Couch. Mittlerweile sehe ich ihn hin und wieder in der Redaktion, da auch ich wieder angefangen habe, den einen oder anderen Artikel zu schreiben. Aber es hält sich alles in Grenzen. Es ist genau das passiert, was ich immer verhindern wollte. Es ist auch bei mir Alltag eingekehrt.

Ist Ihnen eigentlich schon einmal aufgefallen, wie Männer zuhören? Am Sonntag, der einzige Tag, an dem Marc wirklich bei uns zu Hause ist und wenigstens versucht ein bisschen an unserem Familienleben teilzuhaben, unternehme auch ich am Frühstückstisch den Versuch, mit meinem Liebsten ein wenig über meinen Alltag und meine Probleme zu reden. Das läuft dann meistens so ab:
Er liest Zeitung, natürlich von der Konkurrenz, und fragt ganz beiläufig: „Na, Schatz, wie war deine Woche?" Ist es Ihnen aufgefallen? ER LIEST ZEITUNG. Seit wann können Männer zwei Dinge gleichzeitig, Zeitung lesen und zuhören? Also habe ich ihn getestet. Ich erzählte einfach drauflos. „Am Montag war ich im Tennisclub und stell dir vor, die Meyers von gegenüber lassen sich scheiden.

Jane kann schon ein Frühlingslied singen und Harry will unbedingt zum Fußball. Ach ja, nächste Woche Mittwoch findet in der Kita ein Elternabend statt. Ich habe schon mit Isabel gesprochen, es wäre schön, wenn du mitkommen könntest, unsere Kinder haben ja schließlich Mutter und Vater, und am 21. April veranstaltet die Kita ein Frühlingsfest, was hältst du davon, einen kleinen Betrag zu spenden, damit die Kinder eine neue Rutsche bekommen?"

Keine Reaktion. Ich frage noch mal: „Liebling, was hältst du davon?" Verwirrt schaut er von seiner Zeitung hoch: „Was halte ich wovon?"

„Au Mann, hast du mir überhaupt zugehört? Warum fragst du mich, wie meine Woche war, wenn du mir ja doch nicht zuhörst?" Wütend und enttäuscht verlasse ich die Küche. Das ist wieder einmal typisch. Verstehen Sie, was ich meine? Früher hätte er jedes einzelne Wort wiederholen können, da hat er nicht Zeitung gelesen, da hat er mich angeschaut und mir wirklich zugehört. Und was das Schlimmste ist, er fühlt sich ja nicht einmal schuldig. Nein, er ignoriert einfach meinen vorwurfsvollen Unterton und widmet sich wieder seiner Zeitung.

Ist denn das zu fassen! Und allein diese Reaktion macht mich noch wütender. Aber ich habe mir fest vorgenommen meine Gefühlsausbrüche zu kontrollieren, also versuche ich meine Wut zu überspielen. Ablenken, ich muss mich irgendwie ablenken. Zum Glück kommen gerade unsere zwei kleinen Engel angerannt. Jane springt Marc gleich auf den Schoß ohne Rücksicht darauf, dass ja Papa Zeitung liest, und siehe da, mit einem Lächeln im Gesicht legt er tatsächlich die Zeitung zur Seite. „Na, meine kleine Prinzessin, hast du gut geschlafen?" Harry setzt sich ordnungsgemäß auf seinen Stuhl. „Gehen wir heute in den Tierpark? Der Paul hat erzählt, es gibt ein Löwenbaby." „Nöö, ich will auf den Spielplatz, bitte, Papi." Jane kann so herrlich einen Schmollmund machen, da kann Marc nie widersprechen. Unsere Kleine hat ihren Papa ganz schön im Griff. Aber warum fragt mich eigentlich keiner? Bin ich nicht die liebe Mami, die zu Hause ist, sich um euch kümmert? Na ja, das ist das Los der Mütter, wie meine beste Freundin Meike immer sagt. Du bist den ganzen Tag zu Hause und kümmerst dich um alles, aber die Männer, die abends gerade zum Gute-Nacht-

Kuss nach Hause kommen, ernten die ganze Aufmerksamkeit und Zuneigung. Wie ungerecht. Marc hat natürlich, als fairer Papa, eine Kompromisslösung parat. Da es im Tierpark auch einen Spielplatz gibt, kann Jane ihren Buddeleimer einfach mitnehmen. Alles klar, also ein Sonntag im Zoo.

Es war auch wirklich ein schöner Tag. Bei blauem Himmel und Sonnenschein haben auch Marc und ich tatsächlich ein paar Minuten für uns auf der Bank am Rande des Spielplatzes. Harry steht im Streichelzoo umringt von Ziegen und Schafen, die ihm das Futter aus der Hand stehlen wollen, und Jane sitzt glücklich und zufrieden in der Sandkiste und baut eine Burg. Marc legt seinen Arm um meine Schultern und zieht mich zu sich heran. „Mhmm, Schatz, du riechst gut", haucht er mir ins Ohr. Ach wirklich, wie aufmerksam, dachte ich, dieses Parfüm trage ich bereits seit zwei Monaten. Ich ließ mir aber nichts anmerken, nein, nur keinen Streit vom Zaun brechen. Einfach mal diese Nähe, wenn auch auf einer Parkbank, genießen. Und wie ich dies so dachte und gerade die Augen schloss, hörte ich auch schon den schmerzhaften Schrei unseres Sohnes. „Maaaammmaaaa, die Ziege hat mich gebissen, auuuuuuaaaa." Weg war er, unser romantischer Augenblick der Zweisamkeit. Natürlich mussten wir nun fluchtartig den Tierpark verlassen, da sich unser Sohn weigerte noch irgendeines von den doofen Tieren anzuschauen. Allerdings hatten wir auf der Heimfahrt nun zwei heulende Kinder im Auto, da Jane nun gar nicht einsah, warum sie unbedingt mit nach Hause musste. Was für ein Tag! War ich froh, als wir beide Kinder abends im Bett hatten. Ich ließ das Badewasser ein, holte zwei Gläser, eine Flasche Rotwein und zündete die Kerzen an. Wenigstens Sonntagabend habe ich mir ein bisschen Entspannung verdient. Ich legte mich in das heiße Wasser und schloss die Augen, herrlich, Erholung pur. Marc kam leise herein, er zog sich leise aus und kam zu mir in die Wanne geglitten. Langsam fing er an mich zu streicheln. Ich hatte meine Augen noch immer geschlossen. Er glitt an meinen Beinen entlang hoch zum Bauchnabel und dann zu meinen Brüsten. Ich spürte, wie meine Erregung stieg. Er fing an mich zu küssen, ganz zart, als hätte er Angst, meine Lippen könnten zerplatzen, wenn er zu gierig ist. Er lag nun halb auf mir und das Wasser schwappte ein wenig über. Ganz langsam schob er sich zwischen meine Beine und drang vorsichtig in mich ein. Ich brauchte nur genießen, es war fantastisch. Er liebte mich wie lange nicht. So intensiv und zärtlich, es war unglaublich schön. Langsam entglitt er mir wieder. Ich öffnete die Augen und lächelte ihn an. Er reichte mir ein Glas Wein und lächelte zurück. Genau aus diesem Grund habe ich ihn geheiratet, wir verstanden uns ohne Worte, zumindest hin und wieder.

Als am anderen Tag morgens halb sieben der Wecker klingelte und ich mich, noch voller Glückshormone, an meinen Liebsten kuscheln wollte, hatte mich die Realität wieder. „Schatz, wir müssen aufstehen, ich habe ein wichtiges Meeting um acht." Marc schob meine Hand zur Seite und stand auf. Ich ließ mich zurückfallen. Alles klar, ein wichtiges Meeting, was sonst. Also los, aufstehen, Kinder wecken, Frühstück machen, Kinder in die Kita bringen und ach ja, heute ist ja Montag. Meine Laune besserte sich schlagartig. Ich war ja heute mit meinen

Freundinnen Meike und Susi zum Brunch verabredet.

Wir kennen uns schon seit der Schulzeit und haben es tatsächlich geschafft, unsere Freundschaft trotz täglicher Veränderungen in unserem Leben aufrechtzuerhalten. Und das seit nunmehr fast 20 Jahren. Zuerst ist Meike mit Ralf und dann, vor ca. 4 Jahren, Susi nach München gezogen und seit auch ich in der Nähe wohnte, trafen wir uns regelmäßig. Susi ist eine absolute Powerfrau, die ihr Singleleben über alles liebt und ihre Freiheit in vollen Zügen genießt. Sie ist ständig auf Reisen in der ganzen Welt. Sie testet für Reisebüros verschiedene Hotelketten und hat einfach immer was zu erzählen. Vor allem über ihre vielen Liebhaber, die wechselt sie nämlich noch häufiger als ihre Hotels. Meike dagegen ist eher bodenständig, so wie ich. Sie ist Hausfrau und Mutter von mittlerweile drei Kindern und ich glaube, es wird wohl noch ein viertes kommen. Sie selbst bestreitet das zwar, aber Meike ist der absolute Muttityp. Sie ist eigentlich rund um die Uhr für ihre Kinder da. Ralf, ihr Mann, ist Immobilienmakler und ziemlich viel unterwegs, daher kümmert sich eigentlich Meike um alles und jeden. Aber über was unterhalten sich Frauen, die ohne Kinder und Männer zum Brunch verabredet sind? Fragt man einen Mann, antwortet dieser sicher: Na über Mode, Billigangebote im Supermarkt oder sie lästern über die Frau im Buchladen, deren Bluse zu weit offen war. Nein! Wir unterhalten uns natürlich über unsere Männer! Was ist nur so faszinierend an dem Geschöpf Mann, dass wir trotz Auszeit ständig an ihn denken?

Eigentlich fangen unsere Unterhaltungen immer mit dem Satz an: „Und, Susi, was macht …", jetzt kommt der Name des letzten Lovers, in diesem Fall, „… Richard?" „Tja, Richard wohnt wieder bei seiner Mutter, er ist mir zu unzuverlässig." Das war's, mehr war aus ihr nicht herauszukriegen. Damit war Richard also Geschichte. Dabei sah er echt gut aus, war höflich und zuvorkommend. Er hatte, im Vergleich zu seinem Vorgänger Till, der aussah, als käme er gerade von Woodstock, einen guten Eindruck auf mich gemacht.

Nun ja, mit der Zuverlässigkeit haben so manche Männer ihre Schwierigkeiten.

Kennen Sie den Satz: „Schatz, ich bin gleich wieder da!"? Marc liebt diesen Satz. Er gebraucht ihn sogar in verschiedenen Varianten. Meistens am Telefon in der Form von: „Ich bin gleich da!" Oder: „Gleich bin ich zu Hause!" Oder, der absolute Knaller: „Ich komme gleich!"

Die Betonung liegt auf GLEICH. Wir Frauen rechnen je nach Situation mit einer Zeitspanne von 10 bis 30 Minuten. Aber wann taucht das männliche Geschöpf wieder auf? Meist nicht vor 1 bis 2 Stunden. Nun, wenn Frau Glück hat, bekommt sie von Mann eine stammelnde Entschuldigung wie: „Tut mir leid, ist etwas später geworden." Meistens jedoch weiß Mann gar nicht, warum Frau ihn mit einer Gewittermiene wartend an der Tür abfängt. Viele Frauen, auch ich, neigen dazu, stellen ihn dann wutentbrannt zur Rede, ohne ihn auch nur einmal zu Wort kommen zu lassen. Manche Frauen reagieren möglicherweise wie Susi und machen die Tür einfach nicht mehr auf.
Natürlich steht Mann da und fragt sich, worum es eigentlich geht.
Das wirft die Frage auf: Reagieren wir über?

Vielleicht sollten wir einmal das Wort << gleich >> analysieren. Mögli-cherweise tun wir den Männern Unrecht und hinter dem Wort << gleich >> stecken 3 bis 4 Stunden. Werfen wir einmal einen Blick in den Duden. Unter 3 steht: in Verbindung mit Verben: Getrenntschreibung, wenn << gleich >> den Sinn von << sofort >> hat, z. B.: Ich werde gleich kommen.

Aha, also haben wir doch recht, wenn wir die Bedeutung von << gleich >> mit einem sehr engen Zeitraum in Verbindung setzen. Sprechen die Männer eine andere Sprache, oder wollen Sie uns einfach nur friedlich stimmen, bevor sie weggehen, um eventuelle Diskussionen im Vorfeld zu vermeiden? Haben sie Angst, wir gönnen ihnen ihren Spaß nicht? Oder wir halten sie von der Arbeit ab?

Denn Männer, lasst es euch gesagt sein, wir wollen doch, dass ihr auch Männerabende habt, weggeht und in Ruhe euer Bier trinkt. Wir wollen doch nur Bescheid wissen und das liegt nun mal in der Natur der Frau, über alles Bescheid wissen zu wollen. Das liegt einfach nur daran, dass wir uns Sorgen machen. Nach 1 Stunde wird Frau nervös, rennt zum Fenster und sieht nach, wo Mann bleibt. Nach 1 ½ Stunden läuft Frau bereits auf und ab und überlegt sich, unter dem Einfluss steigender Nervosität und Unruhe, es könnte ja etwas passiert sein. Nach ca. 2 Stunden des Wartens verwandelt sich dann die Unruhe und Sorge in Wut und Zorn. Warum tut er mir das an? Warum lässt er mich warten? Warum sagt er nicht Bescheid, dass es länger dauert? Mittlerweile ist Frau sich wieder sicher, dass nichts Ernsthaftes passiert ist und Mann sich einfach nur an einem Bier zu viel aufhält. Die Spannung steigt. Nach 2 ½ Stunden ist Frau sich plötzlich doch nicht mehr so sicher, dass nichts passiert ist, und beginnt das Telefon zu zücken und ihm doch nachzutelefonieren, obwohl sie sich fest vorgenommen hatte, es diesmal nicht zu tun. Schließlich kommt Mann nach Hause, wird von Frau wütend und schlecht gelaunt empfangen und denkt sich: Nächstes Mal komme ich später nach Hause, vielleicht hat sie dann bessere Laune. Und Frau fragt sich: Warum kapiert er einfach nicht, dass ein einziger kurzer

Anruf die ganze Situation entschärfen würde? Haben wir ein Verständigungsproblem? Sprechen Männer und Frauen wirklich zwei verschiedene Sprachen?

Aber dann gibt es wieder so wunderbare Augenblicke, in denen das unterschiedliche Geschlecht aufeinandertrifft, ohne auch nur ein einziges Wort zu reden. Einer dieser magischen Momente, in denen Mann und Frau sich einfach fallenlassen und zueinander finden. Gerade in der Anfangsphase einer Beziehung passiert dies sehr oft. Aber warum verschwinden die Augenblicke im Laufe der Jahre? Ich versuche mich zurückzuversetzen, wann genau kam eigentlich dieser Alltag in unser Leben? Wann fing es an oder besser gesagt, wann hörte es auf zu prickeln? Als wir unsere erste gemeinsame Wohnung bezogen? Oder als Harry geboren wurde? Es war eine aufregende und anstrengende, durch schlaflose Nächte geprägte Zeit. Aber wann genau schlich sich der Alltag bei uns ein? Meike meint, wenn man verheiratet ist, dann kommt der Alltag. Sie ist bereits seit 10 Jahren mit Ralf verheiratet und hat mich immer neidvoll betrachtet, wenn ich ihr von Marc vorgeschwärmt habe. „Ach, Kleines", hat sie immer gesagt, „genieße die Zeit, wenn ihr erst verheiratet seid, ist alles vorbei." Ist es tatsächlich so? „Siehst du, deswegen heirate ich nie!", lacht Susi. „Auch du wirst irgendwann den Richtigen finden und ja sagen." Meike ist fest von der großen Liebe überzeugt und hielt rein gar nichts von Susis Affären. „Ich weiß nicht, vielleicht bin ich einfach nicht für so ein Familienleben geschaffen. Ich genieße meine Freiheiten, vielleicht kommt ja Mr. Right wirklich eines Tages, aber noch bin ich einfach nicht so weit", argumentiert wiederum Susi. „Ich finde es irgendwie aufregend neue Männer kennen zu lernen. Erinnert ihr euch noch an Marcus? Diesen großen gut aussehenden Lockenkopf? Ratet mal, wo wir es das erste Mal gemacht haben?", Susi lächelte verträumt. „Es war unglaublich romantisch. Wir waren mitten in Berlin im Tiergarten. Er hatte ein Mitternachtspicknick vorbereitet und mal ehrlich, hättet ihr widerstehen können, bei Vollmond unter einem romantischen Sternenhimmel?" Meike schien die Fassung verloren zu haben. „Aber das ist doch Erregung öffentlichen Ärgernisses!" Ich jedoch wurde neugierig. Auch Marc und ich hatten schon das eine oder andere Abenteuer. Aber unter einem Sternenhimmel mitten in der Großmetropole Berlin. Respekt. Langsam gewann Meike ihre Fassung wieder. „Genau solche romantischen Abenteuer halten die Liebe frisch, Mädels. Es gibt auch noch was anderes außer Kindern und Haushalt. Wann hattet ihr das letzte Mal richtig guten, aufregenden Sex?" Meikes Gesicht passte sich langsam der Farbe ihres kirschroten Pullis an. „Also, bei Ralf und mir ist es immer schön, wenn wir mal, na ihr wisst schon." Meike stammt aus einer streng katholischen Familie, zwischenmenschliche Beziehungen wurden da nicht thematisiert. Überhaupt wurde immer wenig im Hause Schmidt gesprochen. Gut, dass Meike Freundinnen wie Susi und mich hatte, sonst hätte sie, glaub ich, nie erfahren, wie man ein Kondom richtig benutzte. Susi sah Meike fragend an. „Ich rede nicht von schön, Meike. Schön ist mein Auto, es fährt mich von A nach B, mehr nicht. Ich meine aufregenden, wilden, hemmungslosen Sex. Hast du es mit deinem Mann jemals auf dem Küchentisch getrieben? Oder im Schwimmbad, in der Umkleidekabine?" Meike sah nach unten und schüttelte mit dem Kopf. „Ach, Susi, lass sie doch in Ruhe", versuchte ich zu schlichten. „Nein, lass mal, Francis, ich denke, Susi hat recht. Ralf hat in letzter Zeit kaum noch Lust. Unser Sexleben tangiert gegen Null. Und aufregend ... Na ja, gekribbelt hat es schon lange nicht mehr. Aber wir sind ja auch schon seit 10 Jahren verheiratet und haben 3 Kinder. Das ist eben so." Das glaub ich jetzt nicht. Meike hatte ihre Fassung wiedergefunden und blickte nun eher traurig in die Runde. Ich meine, auch bei Marc und mir hat der Sex nachgelassen, aber wenn ich da an gestern Abend denke, gibt es doch immer noch den einen oder anderen Lichtblick. Aber die Vorstellung, dass nach 10 Jahre Ehe auch diese wenigen Höhepunkte der Vergangenheit angehören, lässt mich erschaudern. „Meike, das kann nicht sein. Ich glaube das einfach nicht. Sex ist doch ein ganz wichtiges Detail in der Beziehung zwischen Mann und Frau. Ohne Sex kann doch eine Beziehung nicht funktionieren." Natürlich musste Susi wieder einen draufsetzen: „Bist du sicher, dass er dich nicht betrügt?" Meikes Augen fingen an zu glitzern, als könnte sie jeden Moment in Tränen ausbrechen. „Ich weiß es nicht, aber ich habe auch schon daran gedacht. Aber das würde er mir doch nie antun, oder?" Ich sah Susi scharf an. „Natürlich nicht. Beruhige dich. Ihr seid doch so ein perfektes Paar. Ralf weiß doch, was er an dir hat." Ich nahm Meike in den Arm. Normalerweise war sie für so etwas zuständig. Wie schon erwähnt, Meike kümmerte sich sonst um alles und jeden. Sie hatte eigentlich keine Probleme. Und sie waren wirklich ein schönes Paar. Auch das Händchenhalten hört eben irgendwann auf. Vielleicht nach 8 Jahren Ehe. Ich klammerte mich immer eisern an Marcs Hand. Ich wollte dieses Ritual niemals ablegen. Aber vielleicht ist das eben einfach irgendwann so. „Wir finden das heraus!" Susi war entschlossen. „Wenn er dich betrügt, finden wir das heraus und in der Zwischenzeit wirst du deinen Mann für dich zurückgewinnen und endlich guten Sex haben. Guter Sex ist der Schlüssel." Meike blickte uns hoffnungsvoll an. „Meint ihr wirklich?" Ich nickte.

Auf was hatte ich mich da nur eingelassen? Wie kam ich dazu, mich in das Sexleben meiner Freundin einzumischen? Ich lag die halbe Nacht wach und dachte darüber nach, was heute geschehen war. Meike vermutete, dass Ralf sie betrog. Susi entpuppte sich als Expertin in Sachen Sexabenteuer und ich? Tja, ich dachte darüber nach, wo ich in meiner Ehe stand. Irgendwo zwischen der aufregenden Phase des Verliebtseins mit täglichem Sex und der Phase des alten Ehepaares ohne Sex. Ich befand mich jetzt irgendwie in der Familienphase mit reduziertem Sex. Wieso teile ich mein Leben überhaupt in Sexphasen ein? Hallo, Francis Jones, bist du noch normal? Aber was ist, wenn Marc mich nicht mehr so aufregend findet wie früher? Was, wenn ich einfach nur noch die Mutter seiner Kinder bin? Und wenn das so ist, wie kann ich das ändern? Es war Vollmond. Ich konnte die Züge seines Gesichts neben mir sehen. Er sah so gut aus, trotz der kleinen grauen Haare an den Schläfen und den kleinen Fältchen an den Augen. Ich liebe ihn so sehr. Nein, es darf nicht so weit kommen wie bei Meike und Ralf. Ich muss etwas ändern. Dann schlief ich ein.

Susi hatte einen Aktionsplan zur Wiederbelebung von Meikes Eheleben entworfen und ihn mir zugemailt. Mittwoch, 9.30 Uhr Shopping. Ich ahnte nicht, was, oder besser gesagt wo Susi mit uns einkaufen gehen wollte. „Hallöchen, ihr Lieben, na bereit fürs Shopping?" Susi begrüßte uns hektisch und marschierte sogleich vorneweg. Sie steuerte geradewegs auf den gerade neu eröffneten Beate-Uhse-Laden zu. „Halt stopp, Susi, da geh ich auf gar keinen Fall rein!" Meike stand wie angewurzelt auf dem Gehweg. Susi sah mich an, sie brauchte Hilfe. „Aber Meike, es ist ein ganz normaler Laden, der sexy Dessous verkauft." „Ist es nicht. Das hier ist nicht Karstadt, Susi, das ist ein Porno-Laden!" Au Mann, wenn ich Meike jetzt sage, dass ich in Berlin auch schon in einem Beate-Uhse-Laden einkaufen war, bringt sie mich um. Ich versuchte zu schlichten: „Wir können doch mal schauen, die haben in den Schaufenstern manchmal echt schöne Unterwäsche liegen. Jetzt sei kein Spielverderber. Komm, uns kennt doch keiner. Wir machen uns einen Spaß draus, du musst ja nichts kaufen." Ich weiß nicht wieso, aber auf mich hörte Meike komischerweise, es war ihr zwar sichtlich unangenehm, aber sie ging mit Susi und mir hinein. Susi zwinkerte mir hinter ihrem Rücken zu. Hoffentlich weiß sie, was sie tut. Und tatsächlich, Meike entspannte sich im Laden zusehends. Ich hatte sogar das Gefühl, es gefiel ihr. Wir durchkämmten die gesamte Dessousabteilung und mussten hin und wieder herzhaft lachen. Abgefahrene Sachen waren vielleicht dabei. Dass manche Leute so was kaufen und anziehen, ist kaum zu glauben. Wir fanden ein paar schöne, und vor allem sexy, Teile. Susi suchte sich einen BH aus Latex aus. Er war ganz in Schwarz, besetzt mit bunten Blümchen. Dazu noch den passenden String. Meike wirkte schockiert. „Was ist, so einer fehlt mir noch in meiner Sammlung." Susi lächelte. Meike suchte sich etwas Klassisches aus. Der BH war nahtlos in Creme, bestickt mit kleinen Rosen in zartem Rosa. Sehr hübsch. Susi runzelte die Stirn. „Na schön, aber um deinen Mann zu verführen, brauchst du was anderes. Sieh mal hier!" Sie zeigte uns ein Negligé ouvert aus weißem Netz mit Schnürungen und rosa Spitze. Also eins muss man Susi lassen, Geschmack hat sie. Es sah wirklich sexy aus. Meike war sich etwas unsicher, griff aber dann doch zu. Auch ich nutzte die Gelegenheit und stöberte ein wenig. Ich suchte mir ein Korsage-Set aus. Es bestand aus der Korsage, einem

String und Strümpfen in schwarzem, transparentem Netz mit pinken Akzenten. „Sehr sexy, da wird sich Marc aber freuen", flüsterte Susi mir zu. Sie stand mittlerweile bei den Massagestäben. Unser kleiner Ausflug ins Reich von Beate Uhse hatte sich gelohnt. Ich überlegte noch, wann ich wohl am besten Marc damit überraschen konnte, als Susi mich am Arm packte und uns hinter den großen Transporter, der gerade in der Fußgängerzone zum Entladen parkte, zog. „Mein Chef", flüsterte sie. „Ich hab heute, na ja, mir geht es heute offiziell nicht so gut. Sieht er nicht toll aus?" Was war mit ihr los? Schämte sie sich etwa mit einem Beate-Uhse-Beutel von ihrem wirklich gut aussehenden Chef gesehen zu werden? Er überquerte die Straße mit einer jungen blonden sehr gut aussehenden Frau an seiner Seite. „Seine Frau vermutlich." Susis Ton war abweisend und hart. Den Rest des Tages wirkte Susi eher abwesend. Nach unserm Einkaufsbummel, der noch eine Zwischenstation in einer Parfümerie beinhaltete, hatte Susi einen Termin im Wellnesscenter besorgt. Da lagen wir drei nun und entspannten nach der dreißigminütigen Massage eingewickelt in tausenden von Handtüchern mit Gurkenscheiben auf dem Gesicht. Ich überlegte mir, wann ich wohl Marc am besten überraschen könnte. Es war schon irgendwie aufregend. Ob ich ihm wohl gefallen werde? Aber was war das vorhin überhaupt für eine Aktion von Susi, als sie ihren Chef mit seiner Frau gesehen hat? Sie reagiert doch sonst nicht so auf Männer, Chef hin oder her. Ich werde das beobachten, irgendetwas stimmt nicht mit Susi. Tja, und Meike, ich denke, sie hat diesen Tag mit uns genossen. Es tut ihr gut, auf andere Gedanken zu kommen. Es schien ihr wirklich gefallen zu haben, ihr kleiner Ausflug in die Erotikwelt.

Es war abends so gegen 22.00 Uhr, alles war ruhig im Haus. Marc hatte mich vom Büro aus angerufen, er kommt etwas später. Na gut, dachte ich, habe ich wenigstens genug Zeit, alles vorzubereiten. Harry und Jane schliefen bereits tief und fest, also begann ich überall Teelichter zu verteilen, Rosenblätter zu verstreuen und leise Musik aufzulegen. Ich zog meine neu erworbenen Teile an und kuschelte mich unter die dünne Decke. Und dann wartete ich auf meinen Mann.

Und wartete. Das dämmernde Licht und die Musik müssen irgendwie die Müdigkeit in mir hervorgerufen haben. Jedenfalls war es bereits hell, als ich meine Augen öffnete. Ich schaute auf meine Uhr. Es war kurz vor 6.00 Uhr. Noch eine halbe Stunde, bis der Wecker klingelt. Marc lag neben mir und atmete ruhig. Wann war er gekommen? Ich hatte nichts gemerkt. Leise stand ich auf und ging ins Badezimmer. Schade, ich hatte mich so gefreut. Enttäuscht zog ich mich aus und stellte mich unter die Dusche. Herrlich, dieses warme Wasser. „So gefällst du mir am besten." Marc stand nackt hinter mir. Ich hatte ihn gar nicht gehört. Er umfasste meine Brüste und küsste meinen Nacken. „Es tut mir leid, dass es so spät geworden ist, aber Dad hat noch angerufen. Ich soll dich lieb grüßen. Es war eine wunderbare Überraschung." Ich drehte mich um und sah in seine lieben Augen. „Ist schon okay, wir holen es nach, versprochen?" Und dann folgte ein leidenschaftlicher Kuss. Ich konnte ihm doch nicht böse sein. „Mami, Papi, warum duscht ihr denn zusammen?", peng, Jane stand im Badezimmer und staunte. „Warum denn nicht? Papi muss Mami den Rücken waschen, sie kommt doch da nicht ran. Euch hilft Mami doch auch beim Waschen!", Marc zwinkerte mir zu und ließ mich allein unter der Dusche zurück. Er hatte sich heute den Vormittag frei genommen, um die Kinder in die Kita zu fahren und mit mir die Autohäuser abzufahren. Ich brauchte nämlich dringend ein neues Auto. Mein kleiner Herby, so hatte ich meinen kleinen Beetle getauft, wurde vom TÜV aus dem Verkehr gezogen. Schweren Herzens habe ich mich also dazu durchgerungen, ein neues Auto zu kaufen. Hätte ich natürlich gewusst, was es bedeutet, mit einem Mann ein Auto kaufen zu wollen, hätte ich meinen Herby behalten. Mal ehrlich, wie gehen wir Frauen denn an so etwas ran? Ich meine, Einkaufen liegt uns doch im Blut. Mit Sicherheit gibt es bei uns ein noch unentdecktes Einkaufsgen. Wir achten, egal bei welchem Produkt, natürlich auf den ersten Eindruck. Also zum Beispiel bei Schuhen. Zuerst läuft man durch die Reihen und sucht die 20 Paar Schuhe aus, die an unseren Füßen gut aussehen könnten. Dann fängt man an, jedes einzelne Paar anzuprobieren, auf und ab zu laufen, sich vor dem Spiegel zu drehen, zu überlegen, brauch ich einen Hosenschuh oder einen Rockschuh? Passt überhaupt meine Garderobe zu der Farbe? Na ja, wir analysieren eben ganz genau das Produkt unserer Wahl, um letztlich doch zwei Paar zu kaufen, da man ja beide irgendwie gebrauchen kann. Aber wie kauft Frau ein Auto? Noch dazu an der Seite ihres Mannes? Es fing schon während der Fahrt zum Autohaus an. Marc: „Und, Francis, was für ein Auto schwebt dir so vor?" Gute Frage. „Ich dachte an einen Mittelklassewagen, nicht so groß, ich will ja in die engen Parklücken kommen, aber ich muss schon den ganzen Einkauf in den Kofferraum bekommen und wenn Jane ihren Puppenwagen mitnehmen möchte oder Harry sein Laufrad. Und da Herby quietschgelb war, dachte ich bei Herby dem Zweiten an neongrün. Und innen vielleicht graugrün." Marc lachte. „Also, das ist ja wieder typisch, ich meinte, ob du dir schon mal Gedanken gemacht hast über die Marke, ob es ein Neuwagen oder ein Jahreswagen sein soll. Möchtest du Automatik oder Schaltgetriebe? Einen Kombi oder eine Limousine oder was hältst du von einem Cabrio? Brauchst du eine Sitzheizung, möchtest du eine Klimaautomatik oder lieber eine

Klimaanlage? Also Francis, du wolltest dich doch mal damit beschäftigen. Es wird schließlich dein Auto." Ich lächelte ihn unschuldig an: „Deshalb hab ich dich doch mitgenommen, du wirst schon darauf achten, dass es auf dem neusten Stand der Technik ist, oder?" „Okay, versuchen wir unser Glück." Zu diesem Zeitpunkt waren wir noch sehr optimistisch, in 2 Stunden mein neues Auto gefunden zu haben. Nach 4 Stunden, schmerzenden Füßen und knurrendem Magen brachen wir genervt unser Projekt „Neues Auto für Fancis" ab. Ich freute mich nur noch auf ein heißes Fußbad und Ruhe. Es war zum Verzweifeln, jedes Auto, das Marc technisch überzeugte, gefiel mir nicht und an jedem Wagen, der mir gefiel, hatte Marc etwas auszusetzen. Es war ein unglaublich anstrengender Tag gewesen. Ich war schon fast auf der Couch eingeschlafen, als es an unserer Tür Sturm klingelte. Wütend sprang ich auf, welcher Idiot klingelt denn abends um 23.00 Uhr? Meine Wut verschwand schlagartig. Es war Meike. Tränenüberströmt und zitternd in ihrer neuen Unterwäsche stand sie da und schluchzte: „Es tut mir leid, wenn ich euch störe. Es ist vorbei, alles ist vorbei." Nachdem sich Meike ein paar Sachen von mir übergezogen hatte und nach einem Cognac, wusste ich, was passiert war. Meike hatte den Abend perfekt geplant, hatte sich sexy angezogen und auf ihren Mann gewartet. Da die beiden Ältesten bei Freunden und der Jüngste bei den Großeltern übernachteten, hatten sie das ganze Haus für sich. Sie hatte den Platz vor dem Kamin romantisch in Kerzenlicht getaucht und Champagner kalt gestellt. Es war perfekt. Pünktlich 19.00 Uhr hörte sie, wie Ralfs Wagen in die Einfahrt fuhr. Ein weiterer Wagen hielt vor dem Haus. Meike hatte sich nichts dabei gedacht, sicher waren es die Nachbarn, die sich ein Taxi bestellt hatten. Es ging die Tür und sie hörte Stimmen. Dann ging alles rasend schnell, das Licht ging an und da stand Ralf mit seinem Chef samt Gattin mitten im Wohnzimmer und starrte auf die halbnackte Meike, die sich vor dem Kamin räkelte. Genau in diesem Moment fiel es ihr wieder ein, das Geschäftsessen bei ihnen zu Hause. Es war das Essen, was sie seit Wochen vorbereitete. Das Essen, das für Ralf so wichtig war; das Essen, bei dem Ralf im internen Kampf um den Posten des neuen Abteilungsleiters punkten wollte. Und sie, Meike, hatte alles vermasselt. Schlimmer noch, sie hatte sich und Ralf blamiert. Sicher waren sie morgen das Stadtgespräch in München. Möglicherweise stand es morgen in der Klatschpresse. Frau von Immobilienmakler entblößt sich vor Chef. Ohne ein Wort zu sagen, stürmte sie aus dem Haus und stand wenige Minuten später vor meiner Tür. Ich wusste nicht, ob ich lachen oder mitweinen sollte. Diese Geschichte war einfach unglaublich. Meike, die super korrekte, immer pünktliche und nie etwas vergessende, legt so eine oscarreife Skandalnummer hin! Ich war ja als Reporterin und Ehefrau eines Zeitungsherausgebers so einiges gewöhnt, aber dass so etwas meiner besten Freundin passiert. Nee, das konnte ich nicht glauben. „Was soll ich denn tun, ich kann ihm doch nie wieder unter die Augen treten und was soll ich denn den Kindern erzählen?" Ich entschloss mich nicht zu lachen und nahm Meike tröstend in die Arme. „Vielleicht sollten wir Susi anrufen, sie hat doch immer eine Idee", schlug ich vor. „Susi habe ich doch dieses ganze Desaster zu verdanken. Sie hat mir doch eingeredet, ich müsse meinen Mann verführen, hätte ich doch bloß nicht auf sie gehört. Sie weiß doch gar nicht, was es heißt, verheiratet zu sein und Verantwortung zu tragen." Au Mann, mir war klar, dass also auch unsere Dreierfreundschaft auf dem Spiel stand. Ob ich das wieder hinbiegen konnte?

Vorsichtig deckte ich Meike zu. Sie war schluchzenderweise auf der Couch eingeschlafen und ich beschloss, sie einfach liegen zu lassen. Marc stand grinsend in der Tür. Ich legte meinen Finger auf den Mund, um ihm zu signalisieren, er möge nicht sprechen. Als wir dann oben im Schlafzimmer waren, gab es kein Halten mehr für ihn. Er lachte und lachte und lachte. Dann wischte er sich die Tränen ab und meinte: „Dass ich das noch erleben darf. Die super korrekte Meike springt in so einen Fettnapf." Wieder fing er an zu lachen. Ich wurde wütend: „Sag mal, geht's noch? Du belauschst unser Gespräch und statt ein bisschen Mitgefühl zu zeigen, machst du dich über meine beste Freundin lustig. Wie kommst du eigentlich dazu, wer hat dir das erlaubt? Und überhaupt, stell dir mal vor, mir wäre das passiert. Du bringst schließlich auch hin und wieder einen Geschäftsfreund mit." Was bildete er sich überhaupt ein? Dieser Ignorant. Nur gut, dass Meike unten schlief. „Also, du musst schon zugeben, dass diese ganze Situation unglaublich komisch ist, außerdem hat mich Ralf angerufen und gefragt, ob Meike hier bei uns ist." „Und du hast natürlich gesagt, natürlich ist sie hier, komm doch vorbei und demütige sie gleich noch mal!" Ich war jetzt so was von sauer. Ich ging auf den Balkon und zündete mir eine Zigarette an. Das tat gut. Ich hatte lange nicht das Bedürfnis gehabt, mal eine zu rauchen. Als ich damals mit Harry schwanger war, hatte ich es mir abgewöhnt, aber hin und wieder zu einem Gläschen Wein oder wenn ich mich besonders geärgert habe, greife ich doch zu und rauche mal eine. Marc kam heraus: „Entschuldige. Hab's nicht so gemeint." Ich könnte schwören, ihn noch immer kichern zu hören. „Also, Ralf ist die ganze Sache genauso unangenehm wie Meike, aber sein Chef fand es gut. Er muss gleich zu seiner Frau gesagt haben: ‚Ach Frauchen, wenn du mich mal so überraschen würdest'; und dann ist er mit einem Zwinkern und einem: ‚Wir verschieben unserer Essen dann auf einen anderen Tag', mit seiner Frau gegangen. Natürlich hat Ralf ein wenig Bedenken, dass er die nächsten Wochen ausreichend für Gesprächsstoff in der Firma gesorgt hat, aber eigentlich war er super überrascht von Meikes Aktion. Er ist ihr keineswegs böse, Liebling, glaub mir." Er nahm mich in den Arm. Ich liebte es, wenn er das tat. Aber ich war immer noch wütend über seinen Lachanfall. Ich wand mich aus seiner Umarmung und sah ihn prüfend an: „Meinst du, sie kriegen das wieder hin und lassen sich nicht scheiden?" „Ach was, doch nicht wegen so was, und sei ehrlich, ein bisschen findest du es auch komisch, oder?" Grrr. „Nein, überhaupt nicht!", fauchte ich ihn an und ging wieder rein. Bevor ich ins Bett ging, lauschte ich noch einmal im Flur. Sie schluchzte immer noch ein bisschen. Arme Meike. Ich konnte es mitfühlen, ich wäre auch im Boden versunken und würde vermutlich nie wieder auftauchen.

Ich glaube, vor 6 oder 7 Jahren hätte ich auch losgelacht, Meike auf die Schulter gehauen und gesagt: Mensch hab dich nicht so, starke Aktion, andere

Männer beneiden Ralf um dich. Aber jetzt, aus Sicht der erwachsenen Mittdreißigerin, verheiratet und Mutter, sehe ich die Dinge anders. Irgendwie bin ich mir der möglichen Tragweite bestimmter Handlungen mehr bewusst als früher. Marc sieht das Ganze pragmatischer, man redet drüber, lacht und vergisst wieder. Aber wir Frauen denken doch viel weiter. Was, wenn der Chef nicht so locker ist, wenn er die Situation als aufdringlich und unangenehm empfand? Wenn er nun schockiert ist, wenn er es einfach nicht erwartet hat von seinem besten Mitarbeiter, ist es dann morgen noch sein bester Mitarbeiter? Uns Frauen plagen dann Existenzängste, was, wenn er seinen Job verliert? Da kann man doch nicht lachen, oder? Nun drängt sich mir natürlich die Frage auf, warum können wir nicht einfach darüber lachen und davon ausgehen, dass alles wieder gut wird? Früher hätte sich mir diese Frage gar nicht gestellt, aber warum jetzt, warum mach ich mir jetzt so viele Gedanken darüber, warum kann ich Meike auf einmal so gut verstehen?

Liegt es vielleicht daran, dass ich ein ausgeprägteres Verantwortungsbewusstsein habe? Ich meine, ich mach mir den ganzen Tag Gedanken über Marc, welchen Anzug zu welchem Meeting, wann muss das Auto in die Werkstatt, sind alle Rechnungen bezahlt, wann hat meine Mutti noch mal Geburtstag? Dann muss ich noch den Tagesablauf der Kinder koordinieren. Jane geht donnerstags zum Ballett und Harry tobt sich montags bei der Kinderturngruppe im Kinderzentrum aus. Und hin und wieder muss auch ich arbeiten. Es ist gar nicht so einfach, alles unter einen Hut zu bringen. Früher gab es nur mich und meine Wehwehchen. Aber heute denke ich eigentlich die wenigste Zeit an mich. Vielleicht hat sich meine Sichtweise deshalb geändert. Gerade gegenüber Meike. Sie ist nun schon seit 10 Jahren verheiratet, hat drei Jungs und einen sehr erfolgreichen Geschäftsmann als Mann. Ich konnte früher nur schwer ihren Tagesablauf, der für mich damals nur im Organisieren zu bestehen schien, nachvollziehen. Es war schwierig, Meike mal für ein Wochenende allein nach Berlin zu locken, um einfach mal wie zu Studienzeiten um die Häuser zu ziehen. Aber heute kann ich sie verstehen, auch ich habe einfach keine Zeit. Und Susi? Sie lebt noch ihr altes Leben und manchmal schaue ich ihr etwas neidvoll zu. Aber dann wiederum möchte ich um nichts auf der Welt tauschen. Fühlt sich so das Erwachsensein an?

Am nächsten Morgen stand ich auf und überlegte, hab ich alles nur geträumt? Ein lautes „Hurra, Tante Meike ist schon da!!!" holte mich schnell auf den Boden zurück. Nein, meine beste Freundin befand sich in einer emotionalen Krise und ich musste ihr helfen. Nur wie? Erst mal ein ausgiebiges Frühstück. Marc brachte heute die Kinder in die Kita, somit hatte ich genug Zeit für Meike. Sie brauchte dringend ein Aufbautraining. Als ich herunterkam, sah ich eine verkaterte, dickäugige und unglaublich betrübte Meike im Flur stehen. „Alles klar, schnapp dir deinen Mantel, wir gehen heute frühstücken." Sie redete kein Wort, auf der ganzen Fahrt nicht. Ich suchte einen Parkplatz und wir betraten unsere Lieblingskneipe „Bei Charly's". Der Eigentümer heißt eigentlich Herbert Krause, aber aus irgendeinem Grund war sein Spitzname Charly. Er war ein lustiger kleiner Kerl, der mir immer den hinteren Tisch in der ruhigen Ecke freihielt. Ich kam öfters her. Mal, um mit den Mädels zu brunchen, oder um in Ruhe einen Artikel fertig zu schreiben, oder um einfach in Gedanken dazusitzen und die Leute zu beobachten. Meike und ich saßen also in meinem Eckchen und frühstückten. Sie hatte noch immer kein Wort gesprochen. Ich versuchte sie auf andere Gedanken zu bringen, fragte nach den Kindern und dem letzten Elternabend, ohne auch nur andeutungsweise den gestrigen Abend zu erwähnen. Ich war einfach hilflos. „Ich ruf jetzt Susi an!" Meike reagierte gar nicht. 10 Minuten später war Susi da. Und sie hatte natürlich einen Plan. „Mach es noch mal!" Meike sah sie entgeistert an. „Das war der peinlichste Tag in meinem ganzen Leben, und du sagst: ‚Mach es noch mal'?" Susi sah sie bestimmt an und wiederholte: „Ja. Mach es noch mal. Du wolltest deinen Mann überraschen, nun, es ist etwas misslungen, also versuch es noch mal." Nun ja, warum eigentlich nicht? Susi konnte reden, und wie sie das konnte. Schon in der Schule gewann sie alle Diskussionsrunden, egal ob gegen Lehrer oder Schüler. Sie konnte so gut argumentieren, dass du hinterher überzeugt bist, dass es eigentlich schon immer deine Meinung war. Meike sah Susi an und ihre Augen wurden immer größer und leuchtender und nach 10 Minuten sah ich sie nur noch zustimmend nicken. Mit fester Stimme sagte sie: „Also gut, gehen wir es an. Wie verführe ich meinen Ehemann." Ich war platt. Aber irgendwie auch unheimlich erleichtert. Ich hätte das nie geschafft. Glücklich nickte auch ich zustimmend. Wir fuhren zu Meike nach Hause. Hautpeeling, Haare waschen, die Wohnung dekorieren, Schampus kalt stellen, noch einen Blick in den Terminkalender, alles fertig. Ralf kann kommen. Susi und ich gaben Meike noch einen letzten Kuss und fuhren los. Unterwegs rief ich Ralf im Büro an und stammelte etwas von Meike, todunglücklich, sieht furchtbar aus, mach mir Sorgen, sieh bitte nach ihr, muss los. Und natürlich hat er sich gleich auf den Weg gemacht.

Susi sprang schnell aus dem Auto: „Mein Chef bringt mich um", stammelte sie noch kurz, dann war sie verschwunden. So, und ich? Weiter kam ich nicht, denn ich hatte es gefunden, mein Traumauto.

Es war bereits später Nachmittag, als ich mit meinem neuen Auto in die Einfahrt bog. Natürlich bin ich vorher pro-begefahren, bevor ich spontan den Kaufvertrag unterschrieben habe, mich mit einem Tränchen im Auge von meinem geliebten Käfer verabschiedet hatte, um dann mit Schwung in meinem kleinen neuen neongrünen Smart Platz zu nehmen. Tja, obwohl ich langsam in die Einfahrt bog und ich auch nicht versehentlich an die Hupe gekommen bin, riss Marc die Tür auf, die Kinder im Schlepptau und starrte mich mit großen Augen und weit aufgerissenem Mund an. Plötzlich hatte ich ein ungutes Gefühl, vielleicht hätte ich doch erst mit Marc sprechen sollen? Ach was, ich bin eine erwachsene Frau, Mutter zweier Kinder, ich kann allein Entscheidungen treffen. „Was ist das?" Marc starrte noch immer völlig entgeistert auf meinen neuen Tweedy (so hatte ich mein Auto auf der Fahrt getauft). „Na, mein neues Auto", verkündete ich nicht ganz ohne Stolz. Harry und Jane rannten drum herum und drückten ihre kleinen Nasen an die Tür. „Aber Mama, wo sollen denn Jane und ich sitzen, da ist doch nur Platz für Papa." Auch Marcs Gesichtsausdruck verwandelte sich von entsetzt in fragend. „Tja", stammelte ich, „darüber habe ich noch nicht nachgedacht." Und tatsächlich, ich hatte die ganze Zeit nur an mich gedacht, wie ich durch die Stadt flitze, kein Stress mehr wegen eines Parkplatzes, das Auto hatte ein tolles Radio und Klimaanlage und die tolle Farbe nicht zu vergessen, aber meine Kinder, wie soll ich sie mit diesem Auto in die Kita fahren? Ich hatte ein Singleauto gekauft. Scheiße.

Was folgte war ein ausgewachsener Wutanfall. Marc war richtig sauer und wenn ich sage, richtig sauer, dann meine ich auch richtig sauer. Er schnaubte den ganzen Abend vor sich hin und wartete, bis die Kinder im Bett waren. Und dann brach es aus ihm heraus. „Wie konntest du nur ... mal wieder typisch Frau ... überhaupt nicht nachgedacht ... jetzt werfen wir schon das Geld zum Fenster raus ... so was Unüberlegtes ..."
Ich saß da und wusste nicht so recht, was ich nun dazu sagen sollte. Er tut ja gerade so, als ob ich mit Absicht ein zu kleines Auto gekauft hätte. Mein Gott, dass Männer immer so ein Drama um alles machen müssen. Na gut, dann hab ich halt nicht überlegt. Es war eben ein Spontankauf. Außerdem kann man ja noch 14 Tage vom Kaufvertrag zurück-

treten. Nur ob ich meinen kleinen Käfer wiederbekomme? Marc lief noch immer im Zimmer auf und ab. Er konnte so wunderbar mit seinen Armen gestikulieren. Oh, wie ich diesen Mann liebte, selbst wenn er furchtbar wütend war, sah er so unglaublich süß aus. „Sag mal, Francis, hörst du mir überhaupt zu?" Ach, mal ehrlich, was soll ich denn sagen? Eigentlich war er doch nur in seinem männlichen Ego verletzt, weil ich allein ein Auto gekauft habe, ohne ihn zu fragen. Ihn, den Mann, den Inbegriff von fachlicher Kompetenz in Sachen Auto. Tja, dumm gelaufen, Liebling. Ich beschloss den Wutanfall einfach über mich ergehen zu lassen. Obwohl, vielleicht sollte ich doch zurückschreien, eigentlich bin ich mir keiner Schuld bewusst. Früher hätte ich gar nicht drüber nachgedacht. Ich hätte Marc einen handfesten Streit geliefert. Aber jetzt? Ich hatte keine Lust, mit ihm zu streiten. Mein Gott, Francis, was ist nur mit dir los, früher bist du aus dem Klassenzimmer geflogen, wegen deiner Streitlust, speziell mit Lehrern. Mein Gott, hat mich das Familienleben weich gemacht? Ich bin so ruhig, vielleicht eine Art Kapitulation, schließlich erfordert die Kindererziehung eine Menge Kraft so über den Tag verteilt. Jane war momentan in einer schwierigen Phase. Ständig stritt sie mit mir und diskutierte wirklich über alles. Angefangen von: „Das zieh ich nicht an!", bis: „Ich will aber!". Sie erinnerte mich stark an mich, als ich in der Pubertät war. Aber Jane ist gerade 3 Jahre alt, es graute mir vor der Pubertät meiner Tochter. Während ich noch so vor mich hin grübelte, schien Marc fertig zu sein mit seiner Standpauke. Jedenfalls war es auf einmal ruhig um mich herum, Marc war im Bad verschwunden und wie ich den Geräuschen entnehmen konnte, ließ er sich ein Bad ein. Ich überlegte kurz, ob ich ihm nachgehen sollte, beschloss dann aber doch ihn mit seinem gekränkten Ego allein zu lassen.

Am nächsten Tag war der Streit vergessen. Die meisten Männer, die ich kenne, sind nicht nachtragend. Am besten schweigt Mann und tut so, als sei nichts gewesen. Früher habe ich es gehasst, wenn mein Vater am anderen Tag so tat, als sei nichts gewesen. Ich habe es nie verstanden, warum man sich nicht einfach ausspricht, sich entschuldigt und alles aus der Welt schafft. An diesem

Morgen verstand ich es. Manchmal ist es einfach besser, nicht in den Wunden zu stochern. Ich hatte ihn scheinbar wirklich getroffen mit meinem Alleingang. Na gut, ich hätte auch selbst drauf kommen können, schließlich hat Marc seine Karriere als Verleger einer Automobilfachzeitschrift begonnen. Jedenfalls war ich froh, dass Marc wieder normal war, und so haben wir einfach meinen kleinen Tweedy zurückgebracht. Ich habe dann die vernünftigere A-Klasse genommen, allerdings nur unter dem Kompromiss, dass auch dieses Auto neongrün gespritzt wurde. Marc redete zwar mit Engelszungen auf mich ein, aber in diesem Punkt ließ ich absolut nicht mit mir verhandeln. Es war die Farbe meines neuen Autos, ohne Wenn und Aber.

Die nächsten Wochen vergingen mehr oder weniger hektisch. Im Haus herrschte der normale Trubel. Harry ist in die Phase „Meine kleine Schwester nervt" übergetreten. Und Jane in die Phase „Wie ärgere ich am besten meinen großen Bruder?" und für die Phase „Wie bringen wir Mami zur Weißglut?" verbrüderten sie sich wieder. Marc hatte ziemlich viel zu tun in letzter Zeit. Mein

Schwiegervater hatte seinen Besuch über Weihnachten angekündigt, und das bedeutete für Marc einen täglichen Besuch im Verlag, was natürlich zur Folge hatte, dass alles, und wenn ich sage alles, dann meine ich auch alles, perfekt sein musste. Schließlich hatte sein Vater damals in New York in einem kleinen Einzimmerappartement mit Blick auf den Hinterhof mit einer alten Schreibmaschine bewaffnet angefangen. Marc liebte seinen Vater, obwohl er nie viel Zeit hatte, so ist er doch mit seinem Sohn Schlittschuh laufen gegangen oder einfach nur die Enten füttern. Marc sprach immer mit einem Lächeln im Gesicht über seine Kindheit. Meine Schwiegermutter dagegen hatte Haare auf den Zähnen. Sie brachte ihm bei, sein Bett zu machen, abzuwaschen und die Wäsche zusammenzulegen. Als ich das erste Mal bei Marc übernachtete und er nach unserem gemeinsamen Frühstück anfing sein Bett zu machen und aufzuräumen, musste ich mich hinsetzen und es einfach nur genießen. Noch niemals zuvor hatte ich einen Mann kennen gelernt, der sein Bett selbst aufschüttelt und seine Wäsche selber wäscht. Die meisten Männer sind doch der Meinung, so etwas ist Frauensache. Was habe ich schon für Machosprüche gehört. Es hat mich doch tatsächlich mal ein Typ am nächsten Morgen gefragt, ob ich noch seinen Müll mit runternehmen könnte, und das nach der ersten gemeinsamen Nacht. Natürlich ist mir schlagartig die Lust auf ein Wiedersehen vergangen. Es gibt tatsächlich Männer, die mit Mitte 30 noch immer bei Mutti ein Zimmer in der 3-Raum-Wohnung haben und sich jeden Tag an den gedeckten Tisch setzen, ohne daran zu denken, vielleicht nach dem Frühstück beim Abwaschen zu helfen. Es gab eine Zeit, da hatte ich bereits die Hoffnung auf einen Mann nur für mich verloren. Obwohl Meike mir immer versicherte, für jeden Topf gibt es einen Deckel, aber Susi und ich waren der Meinung, das mag für alle anderen stimmen, aber nicht für uns. Und dann traf ich Marc. Tja, und nun musste nur noch Susi ihren Deckel finden. Aber auch in diesem Punkt sah Meike optimistisch in die Zukunft.

Es waren jetzt nur noch 3 Wochen bis Heiligabend und so langsam kam auch ich in vorweihnachtliche Stimmung. Die Kinder hatten einen riesigen Spaß am

Dekorieren und vor allem am Plätzchenbacken. Wie in jedem Jahr trafen wir
uns bei Meike zum Adventsbacken. Ich
fuhr mit den Kindern schon vor. Marc
wollte, sobald er im Verlag fertig war,
mittlerweile überwachte er selbst das
Anbringen der Weihnachtsgirlanden im
Foyer, nachkommen. Unsere Männer
nutzten die Zeit immer vor dem Kamin
bei einem Bier sitzend, um Karten zu
spielen. Außer uns kam noch ein be-
freundetes Pärchen aus Meikes Nachbar-
schaft. Familie Hagen bestand aus Tine,
sie war Kindertagesmutter und betreute
stundenweise unter Dreijährige, aus Mi-
chael, er war Bauingenieur, Lisa (6), sie
ging mit Meikes mittlerem Sohn Alexan-
der in die erste Klasse, und Lilly (4), sie
ging in die gleiche Kita wie Björn,
Meikes 4-jähriger und jüngster Sohn,
und Harry. Wir hatten Familie Hagen
sehr oft auf dem Spielplatz getroffen
und im Kindergarten. Na ja, und so hatten wir uns angefreundet. Man ging mal
zusammen essen, unternahm mal etwas
zusammen und im Sommer trafen wir
uns regelmäßig zu Grillabenden. Auch
unsere Männer hatten gleich einen Draht
zueinander gefunden. Tine war so ein
richtiger Hausmutti-Typ, wie Meike, bei-

de hatten immer die neusten Backrezepte parat und wussten auch sonst, was in Sachen moderne Hausfrau absolut angesagt war. Susi blieb dagegen solchen „Veranstaltungen", wie sie immer sagte, fern. „Genießt ihr mal eure Familienidylle, ich fühle mich einfach noch zu jung dafür. Ich bin für so was wie Plätzchenbacken einfach nicht geschaffen, aber eine Schüssel voll könnt ihr mir ja übrig lassen." Ja, so war sie. Zurzeit befand sie sich auf einer Dienstreise in Dubai. Sie testete gemeinsam mit ihrem Chef ein neu eröffnetes Luxushotel und verhandelte über die Konditionen. In den letzten 3 Jahren ging es in Sachen Karriere für Susi steil nach oben. Irgendwie hatte sie ein Händchen für schwierige Geschäftspartner. Sie hatte zeitgleich neben ihrer Ausbildung zur Reiseverkehrskauffrau BWL studiert und konnte fließend Englisch, Russisch und Spanisch. Und letzte Wochen hatte sie sich für Chinesisch als Abendlehrgang angemeldet. Chinesisch ist die meistgesprochene Sprache der Welt und außerdem beabsichtigt ihr Chef auf dem asiatischen Markt Fuß zu fassen, hatte sie mir am Telefon erklärt. Ich war immer wieder erstaunt, mit welchem Elan Susi die

Dinge anpackte. Ich war schon froh, wenn ich abends eine halbe Stunde zum Lesen kam.

Es war ein schöner Nachmittag, die Plätzchen waren im Ofen, Marc war auch gerade eingetroffen und die Kinder spielten erstaunlich ruhig miteinander. Tine und Meike diskutierten gerade, ob sie einen Kochkurs für Mütter in der Kita anbieten sollten oder ob es sinnvoller wäre, einen Kurs für die ganze Familie zu eröffnen. Ich beobachtete Meike und Ralf. Sie warfen sich immer wieder zärtliche Blicke zu, hin und wieder eine sanfte Berührung und ein Lächeln. Es schien alles wieder in Ordnung zu sein. Ich hatte noch keine Gelegenheit gehabt, Meike nach dem Erfolg des zweiten Versuchs zu fragen, aber diese Gesten sagten alles. Alle waren zufrieden. Susi befand sich auf einem Karrierehoch und Meike befand sich offensichtlich im zweiten Frühling. Aber was war mit mir? Klar hatte ich meine Familie, meine Freunde, aber irgendwie machte sich eine Leere in mir breit. Irgendetwas fehlte und ich wusste auch, was es war. Mir fehlte mein persönlicher beruflicher Erfolg. Ich wollte nie nur Hausfrau und Mutter sein, aber genau das war ich geworden. Im Verlag war ich nur noch die Frau des Chefs und zu Hause war ich die Mutter meiner Kinder und Sklave der Hausarbeit. Aber wo bin ich? Als ich so da saß und mich umsah, wie zufrieden alle aussahen, wurde mir klar, ich muss etwas ändern. Ich muss mich neu definieren. Und schon hatte ich meinen Vorsatz fürs neue Jahr: Ich suche mir einen Job!

Obwohl ich einen festen Entschluss gefasst hatte, behielt ich ihn erst einmal für mich. Ich musste mir darüber klar werden, was ich so richtig machen wollte. Ich war Journalistin, ich habe viele Reportagen geschrieben, aber ich konnte nicht einfach da weitermachen, wo ich vor 6 Jahren aufgehört hatte. Mein ganzes Umfeld, mein Leben hatte sich geändert. Ich wohnte jetzt in einem Vorort von München, nicht mehr in der Großmetropole Berlin, ich war Mutter und ich war die Frau eines Verlegers. Und das war der eigentliche Knackpunkt. Würde er meine Artikel in der Tageszeitung bringen, weil ich noch gut war in meinem Job oder weil ich seine Frau war? Und über was sollte ich eigentlich schreiben? Und wo sollte ich überhaupt einen Job finden? Es ging mir so viel durch den Kopf, aber Marc war irgendwie nicht der Richtige, um mit ihm meine Gedanken zu teilen. Er hatte im Moment auch viel um die Ohren. Seit Wochen verließ er früh das Haus und kam meist erst spät wieder zurück. Auch am Wochenende fuhr er immer öfter in den Verlag. Ich hatte nicht wirklich Gelegenheit, mit ihm zu sprechen. Ir-gendetwas beschäftigte ihn. Erst dachte ich mir nichts dabei, schließlich kamen meine Schwiegereltern in 2 Tagen an, aber etwas war anders als sonst. Er wirkte so angespannt, er schlief unruhig und er knirschte wieder mit den Zähnen. Mein Zahnarzt meinte, das sei ein Zeichen von Stress und Unruhe. Er sorgte sich um etwas und wollte es unbedingt vor mir und den Kindern verbergen.

„Mami, erzählst du uns noch eine Geschichte?", Jane saß auf ihrem Bett und Harry schlüpfte gerade zu ihr unter die Decke. Ich liebte dieses Abendritual. Ich krabbelte am Fußende ebenfalls unter die Decke und erzählte eine Geschichte. Jeden Abend dachte ich mir ein neues Kapitel aus. Es drehte sich immer um eine kleine Waldhexe, die verschiedene Abenteuer erlebte. Ich verpackte kleine

Alltagsgepflogenheiten in diese Geschichten, um meinen Kindern Anstand beizubringen, ohne dabei tagtäglich mit erhobenem Zeigefinger rumzulaufen. Ich hatte mir, als Jane in ihrer Trotzphase war, einen Erziehungsratgeber gekauft und da standen so allerlei Tipps drin, wie man spielerisch und geduldig auf seine Kinder eingeht und ihnen hilft die Trotzphase zu überwinden. Erst fand ich das ein wenig albern, aber durch das Geschichtenerzählen hören die Kinder einfach besser zu und verinnerlichen die versteckten Botschaften. Zum Beispiel wohnt unsere kleine Waldhexe Manga, den Namen hat sich Jane irgendwann ausgedacht, in einem hohlen Baumstumpf am Rande einer Lichtung. Es kamen ein paar Spaziergänger vorbei und haben einfach achtlos ihren Müll hingeworfen. Manga hatte natürlich viele Freunde im Wald. Und so kam es, dass ihr bester Freund Flocke, das war ein kleines Eichhörnchen, den weggeworfenen Schokoriegel gegessen hatte und furchtbare Bauchschmerzen bekommen hatte. Manga kam jedoch zu Hilfe und brachte Flocke zum Waldarzt, Doktor Uhu. Und so reihte sich dann eins ans andere. Jedenfalls ließen meine Kinder keinen Müll im Wald liegen. Jane erinnerte sich noch ganz genau an das tragische Unglück, das mit Käfer Karl passiert ist, als er an einer Coladose festklebte. Es war faszinierend, wie genau sie meine Geschichten wiedergeben konnten und wie sie daraus lernten.

Das brachte mich auf eine Idee. Warum schreibe ich nicht einfach ein Buch? Ein Kinderbuch. Die Abenteuer der kleinen Waldhexe Manga.
Es war verrückt, ich war förmlich besessen von dem Entschluss, ein Kinderbuch zu schreiben. Die Ideen sprudelten nur so durch meinen Kopf. Jane gab mir mit ihren kleinen Wutanfällen und Harry mit seinen Trotzattacken so viel Stoff, dass ich, hätte ich nicht noch ein Familienleben, den ganzen Tag nur schreiben könnte. Ich war so damit beschäftigt, dass ich die Gewitterwolken über uns nicht bemerkte. Es war der 4. Advent, als meine Schwiegereltern ankamen, aber irgendetwas war anders als sonst. Aber ich war mit meinen Gedanken ganz woanders, als dass ich etwas hätte bemerken können. Robert und Ester Johns waren etwas angespannt, als sie ankamen, wobei Ester angesichts ihrer klei-

nen Lieblinge, Jane und Harry, sofort ein Lächeln auf ihr Gesicht zauberte. Man hatte das Gefühl, es fiel etwas von ihr ab. Die Kinder liebten ihre Granny sehr. Sie zogen sie sofort ins Haus, während mein Schwiegervater noch einen Moment draußen verweilte. Marc, der bereits die Koffer in den Händen hielt, holte ihn mit einem „Dad?" aus seinem Tagtraum zurück. Robert gab mir kurz die Hand und verschwand dann ebenfalls im Haus. Er sah irgendwie schlecht aus. Beim Abendessen war dann eigentlich alles wie immer, Harry und Jane trugen alles herbei, was sie gebastelt, gemalt oder gebaut hatten, und versuchten sich dabei zu übertrumpfen. Aber Ester verstand es, die Werke der Kinder gleichermaßen überschwänglich zu bewundern. Auch mein Schwiegervater gab sich Mühe, den Kindern zu folgen, aber ich bemerkte, dass er nicht wirklich bei der Sache war. Auch Marc wirkte abwesend. Aber da mein Mann eh beschlossen hatte, mich in seine aktuelle Gefühlslage nicht einzuweihen, ignorierte ich es einfach. Ich war es leid, ihn zu umschmeicheln und es aus ihm herauszukitzeln. Warum tun sich Männer immer so schwer, über ihre Gefühle zu sprechen? Fragt man einen Mann: „Was denkst du gerade?", na, was antworten 90 % der Männer? „NICHTS." Aber hallo, wir spüren doch, wenn da was ist. Wir haben doch den weiblichen Instinkt für „da ist was im Busch". Auch wenn Frau noch einmal genauer fragt: „Ist wirklich alles in Ordnung?", kommt meist nur ein grummeliges: „Ja, hab ich doch gesagt!" Aber genau das ist der Fehler. Viele Beziehungen scheitern an der fehlenden Kommunikation. Irgendwann hat man sich nichts mehr zu sagen. Und man kann hinterher nicht mal mehr sagen, wann das angefangen hat. Im Scheidungstermin heißt schlicht: Man hat sich auseinandergelebt. Machen wir uns das nicht ein bisschen zu einfach?

Ich will ja gar nicht behaupten, dass es immer an den Männern liegt, aber die meisten Frauen sind da anders, wir können immer über alles reden. Manchmal telefoniere ich 2 Stunden mit Meike, weil wir so unheimlich viel zu bereden haben, vor allem wenn wir uns 2 Tage nicht gesehen haben. Oder wenn ich mich mit Susi zum Frühstück verabrede, bin ich meist vor 14 Uhr nicht wieder zu Haus. Jedenfalls hat Marc sich dafür entschieden, mir vorzugaukeln, es sei alles in Ordnung, obwohl ich genau wusste, dass ihn etwas bedrückte, und möglicherweise hatte es etwas mit meinem Schwiegervater zu tun, da auch er irgendwie komisch war.

Meine Eltern kamen Heiligabend mit dem Zug, da sich mein Vater den Fuß gebrochen hatte und meine Mutti eine so lange Autostrecke von Berlin nach München nicht fahren wollte. Ester und meine Mutti verstanden sich sehr gut. Sie konnten sich stundenlang über Marcs und meine Kindheit unterhalten und brachen gelegentlich in Gelächter aus. Auch bei ihren Enkelkindern waren sie sich mehr als einig. Jane sei ganz der Vater und Harry käme ganz nach mir. Wenn unsere Eltern aufeinandertrafen, ging es immer sehr harmonisch zu. Mein Vater verbrachte eh die meiste ganze Zeit mit Lesen. Entweder las er den Kindern Geschichten vor oder er bediente sich in Marcs kleiner Privatbibliothek und zog sich in eine ruhige Ecke zum Lesen zurück. Vermutlich habe ich daher meine journalistisch-literarische Ader. Schon früher hatte mein Vater eigentlich zu jedem Thema ein Buch zur Hand. Er war es auch, der mir bei sämtlichen Vorträgen in der Schule geholfen hat. Und da meine Lehrer immer begeistert waren von meinen Referaten und Buchvorstellungen, bekam ich ständig auch solche Hausarbeiten aufgebrummt.

Es war ein schönes und, da meine Mutti das Kochen übernommen hatte, auch ein ruhiges stressfreies Weihnachten für mich. Mein Vater las, meine Mutti kochte, Ester und Robert waren mit den Kindern Schlittenfahren und Marc hatte sich in sein Arbeitszimmer zurückgezogen und brütete über irgendwelchen Akten. Also hatte ich Zeit für mich. Und die nutzte ich. Ich schrieb und schrieb und schrieb. Ich ließ mich von den schneebedeckten Tannen in unserem Garten inspirieren und ließ es auch bei unserer kleinen Waldhexe Manga schneien. Am Abend wollte ich den Kindern die neuste Episode erzählen, mal sehen, wie sie ankam.

Um die Feiertage herum war es immer sehr ruhig. Meike feierte mit ihrer Familie und selbst Susi fuhr jedes Jahr zu ihren Eltern. Als ich abends mit meinem Gläschen Wein so am Kamin saß, sah, wie meine Mutti sich an die Schulter meines lesenden Vaters kuschelte, merkte ich, wie sehr mir Marc fehlte. Robert und Ester hatten sich bereits zum Schlafengehen verabschiedet und auch Marc war bereits hinaufgegangen. Ich stellte also mein Glas ab, gab meinen Eltern noch einen Kuss und folgte meinem Mann. Vielleicht war er ja noch wach. Ich hatte auf einmal so sehr Verlangen nach ihm. Er lag seitlich und atmete schwer, dennoch merkte ich, dass er nur so tat, als ob er schon schlief. Ich schlüpfte unter die Bettdecke und rutschte an ihn heran. Für einen kurzen Augenblick war mir so, als hielte er den Atem an. „Marc", flüsterte ich. Keine Reaktion. Ich versuchte es noch einmal und strich ihm dabei sanft über den Arm. Wieder keine Reaktion. Mein Gott, jetzt tu doch nicht so, ich weiß genau, dass du noch nicht schläfst. Ich merkte, wie ich ungeduldig wurde. „Meinst du nicht, wir müssen mal dringend miteinander reden? Was ist los mit dir, warum benimmst du dich so komisch? Und ich weiß, dass du noch nicht schläfst." Langsam drehte er sich um. Er sah mich durch die Dunkelheit an und setzte sich langsam auf. „Du hast recht, Francis, wir müssen reden. Es fällt mir nur nicht gerade leicht, verstehst du." Trotz der Dunkelheit sah ich seine betrübten Augen. Etwas lastete sehr auf seiner Seele, und das schon seit Wochen. „Was es auch ist, du kannst es mir sagen, ich bin es, Francis, deine Frau, ich liebe dich." Ich merkte, dass er lächelte. „Ich liebe dich auch, umso schwerer fällt es mir ja. Es ist …", er stockte. „Mein Gott, Marc, nun sag schon, was ist los?" Hatte ich schon mal erwähnt, dass ich ein furchtbar ungeduldiger Mensch war? Ja, so war ich, da versuchte mein Mann mir sein Herz auszuschütten und mir riss der Geduldsfaden. „Ja, ja, ich will es dir ja sagen, aber wie? Francis", er sah mich ernst an, „wir sind pleite! So, nun ist es raus, ich bin ein Versager, ich hab alles vermasselt, ich bin es einfach nicht würdig, der Sohn meines Vaters zu sein." Ich verstand nur Bahnhof. Was zum Kuckuck sollte das denn jetzt? „Wie, wir sind pleite? Wir haben doch unserer Geld angelegt und der Verlag läuft doch." Ich merkte, wie Marc den Kopf schüttelte. „Nein, das tut er nicht. Die Anzeigenkunden sind uns weggebrochen. Im Jahr der Wirtschaftskrise haben erstens viele ihr Gewerbe abgemeldet und brauchen keine Werbung mehr oder können sie sich einfach nicht mehr leisten. Dann kommt dazu, dass ich eigentlich in diesem Jahr eine größere Investition geplant hatte, ich wollte die Buchsparte erweitern und auf der Buchmesse ausstellen. Aber leider sind die Wertpapiere, in denen ich das Geld des Verlags kurzfristig angelegt hatte und leider auch unsere privaten Ersparnisse, nichts mehr wert. Ich habe alles verzockt. Verdammter Mist. Die Bank gibt mir keinen Kredit für den Verlag, alle sind unglaublich nervös, der Finanzkrise sei Dank." Marcs Verbitterung war deutlich rauszuhören. Ich holte erst mal tief Luft. „Ja und nun? Was machen wir jetzt?" Er sah mich mit einem großen Fragezeichen auf der Stirn an. „Wenn ich keinen privaten Investor finde, wird es echt eng, Francis." Das war nun in der Tat ein echter Hammer, PLEITE! Irgendwie haute mich diese Neuigkeit jetzt nicht so um, wie man erwarten könnte. Ich meine, wir hatten ein super Haus in super Lage. Wir könnten es verkaufen, wieder in die Stadt ziehen, vielleicht zurück nach Berlin. Ich bin in einer Plattenwohnung in Marzahn aufgewachsen und hatte wirklich eine glückliche Kindheit, auch ohne Kindermädchen. Klar hatte ich mich auch an einen gewissen Luxus gewöhnt, ich mochte es, im Garten zu sitzen und die Natur um mich herum zu genießen, aber ich könnte mich auch mit einem Liegestuhl auf dem Balkon begnügen. Ich hatte meine Familie, mehr brauchte ich nicht. Marc sah das etwas anders. Sein Vater hatte etwas aufgebaut, um seiner Familie ein gutes Leben bieten können. Marc hatte schon immer in einem Häuschen in einem ruhigen Vorort gelebt. Seine Eltern hatten schon immer ein Auto, er konnte die besten Schulen besuchen und sein Studium wurde finanziert. Marc kannte keine Geldsorgen, umso schlimmer traf es ihn jetzt. „Was sagt dein Dad dazu? Kann er dem Verlag nicht finanziell unter die Arme greifen?" Marc ließ sich in sein Kissen fallen. „Aber Francis, wie stehe ich denn da? Der Sohn, der das Erbe seines Vaters ruiniert? Er hat mich gewarnt in diese scheiß Bank zu investieren und ich habe es ignoriert und verloren. Wie kann ich jetzt zu ihm gehen und um Geld betteln? Das geht nicht, ich muss es allein schaffen. Verstehst du?" Ich sah ihn mit hochgezogenen Augenbrauen an: „Allein? Wenn, dann schaffen wir es gemeinsam! Wenn du sagst, wir brauchen einen Investor, dann lass uns einen finden. Im Übrigen habe ich wieder angefangen zu schreiben. Mein erstes Kinderbuch habe ich bereits fertig und wenn du die Buchsparte erweiterst, möchte ich, dass mein Buch zuerst gedruckt wird." Selbstbewusst richtete ich mich auf und er lächelte zustimmend. „Harry hat mir von deinen Geschichten erzählt. Er war so begeistert, dass ich die Geschichten bereits alle gelesen habe." „Du hast sie gelesen? Wann?", das erstaunte mich jetzt aber wirklich. Bei all den Sorgen hatte er heimlich mein Buch gelesen. „Ist doch egal, ich finde es gut, und ich wusste schon immer, dass in dir eine Bestsellerautorin steckt." „Du bist großartig, aber du übertreibst, Bestsellerautorin, wie das klingt!" Ich legte mich in seine Arme und gab ihm einen dicken Kuss und auf einmal hatten wir keine Sorgen mehr. Ich wusste, wenn es jemand schafft, aus dieser Wirtschaftskrise gestärkt herauszugehen, dann wir. Marc dachte offensichtlich genauso. Sein Gesichtsausdruck sah so zufrieden und erleichtert aus wie lange nicht mehr.

Die nächsten Tage liefen nun etwas entspannter. Marc glänzte nicht mehr mit

Abwesenheit, sondern kümmerte sich rührend um die Familie. Wir hatten beschlossen, nach den Feiertagen mit dem Verlagspersonal über die angespannte Lage zu sprechen. Sicher gab es eine Lösung. Es arbeiteten alles engagierte Menschen, die ihre Arbeit liebten, im Verlag. Da Marc ihn schon immer familiär führte, haben wir beschlossen alle mit einzubinden. Sicher würde uns etwas einfallen. Silvester verbrachten wir in diesem Jahr bei uns zu Hause. Meike kam mit ihrer Familie, Matthias, ein ehemaliger Studienkollege von Marc und enger Freund, kam mit seiner Frau und 2 Kindern (Pauline 6 und Nele 4), Constanze, meine ehemalige beste Arbeitskollegin aus Berlin, sie brachte ihre lesbische Lebenspartnerin Jenna mit, und eigentlich wollte Susi in diesem Jahr auch zu uns stoßen. Wir waren also, wie in jedem Jahr, eine bunte Truppe, und da meine Eltern Silvester immer bei ihren Freunden in Berlin verbrachten und meine Schwiegereltern wie jedes Jahr auf irgendeine Gala gingen, waren wir unter uns und es wurde gegessen, gelacht und getanzt. Der Abend verging wie im Flug. Etwas eigenartig verhielt sich nur Susi. Sie kam ziemlich spät, sah sehr blass aus und rannte ständig auf die Toilette. Eine Magen-Darm-Grippe bereitete ihr Probleme. Da Susi aber der Typ Mensch war, der auf keinen Fall etwas verpassen durfte, hielt sie sich tapfer.

Als es dann Zeit war zum Anstoßen, waren wir uns alle einig: Das neue Jahr wird besser! Meike und Ralf küssten sich leidenschaftlich ins neue Jahr, ihre Ehekrise schien eindeutig überwunden, Marc flüsterte mir ermunternd ins Ohr: „Solange du an meiner Seite bist, schaffen wir alles." Schnulzig, oder? Aber so romantisch. Dann kamen unsere Kinder angerannt und alle wurden gedrückt und geküsst. Alle, außer Susi. Wo war denn Susi? Meike und mir schien es gleichermaßen aufgefallen zu sein. Unsere Blicke trafen sich verwundert. „Hat jemand Susi gesehen?", rief ich laut in die Runde? „In meinem Zimmer!", piepste Jane. „Ob wir anklopfen sollen?", fragte Meike, als wir vor Janes Kinderzimmertür standen. „Spinnst du? Das ist immer noch mein Haus!", entschlossen trat ich ein. Susi lag schluchzend auf Janes Bett. So hatte ich sie noch nie gesehen. Völlig aufgelöst. „Was ist denn mit dir los? Soll ich den Arzt rufen, tut dir der Bauch so sehr weh?", besorgt beugte sich Meike über sie. „Ist schon gut. Geht wieder zu euren Familien. Ich komm schon klar", schluchzte Susi. „Na, dann musst du wohl mitkommen, unsere Familie ist nämlich nicht komplett, solange du dich hier oben verkriechst. Was ist überhaupt in letzter Zeit mit dir los? Du kannst es uns doch sagen, wenn dich was bedrückt." Meike sah mich fragend an: „Ich geh runter, mach uns eine Tasse Tee und dann reden wir, einverstanden?" Meike ging nach unten, ich ebenfalls, aber nur um Marc Bescheid zu sagen, dass wir im ersten Stock einen weiteren Fall von nationaler Krise hatten, die keinen Aufschub duldete. Dann krochen Meike und ich zu Susi unter Janes Decke. „So, nun mal los, was ist mit dir?" Typisch Meike, nicht lange um den heißen Brei reden. „Ich glaube, ich habe mich verliebt!", schniefte Susi. „Tatsächlich, in wen?" Es kam Meike und mir gemeinsam über die Lippen. Wir sahen uns an und lachten. „Ich finde das gar nicht lustig. Ausgerechnet in meinen Chef, aber das geht nicht, er ...", sie stockte und sah uns unsicher an, „er ist verheiratet und ein Schwein. Wie kann er nur, wie kann ich nur ...", wieder Schluchzen.

Meike und ich verstanden nur Bahnhof. „Noch mal zum Mitschreiben, du hast dich in deinen gut aussehenden Chef verliebt, der, mit dem du erst letzten Monat in Dubai warst? Und der ist auch noch verheiratet? Na ja, für seine Gefühle kann man ja nichts." Meike suchte nach den passenden Worten. „Aber ich hab mit ihm geschlafen, oh, Meike wie konnte ich nur!" „Du hast waaassss?" Meike hüpfte aus dem Bett. „Du kannst doch nicht mit einem verheirateten Mann in die Kiste steigen, Susi das geht doch nicht, hast du denn gar keinen Respekt vor der Ehe? Wie konntest du nur!" Jetzt war Meike aufgebracht, um nicht zu sagen wütend. „Beruhige dich, Meike, es gehören doch immer zwei dazu und hast du nicht zugehört? Susi ist verliebt! Sie wollte sicher nicht einer Frau den Mann wegnehmen." Susi sah mich dankbar an. Meike jedoch schnaufte weiter. „Nein, dafür hab ich kein Verständnis, einer verheirateten Frau den Mann wegnehmen. Und dieses Schwein, wie kann er so etwas seiner Frau nur antun? Sie sitzt daheim mit den Kindern, während sich ihr Mann mit seiner Mitarbeiterin vergnügt." Sie schüttelte den Kopf. „Teilhaberin", korrigierte Susi kleinlaut. „Ich bin seit dem 01.01., also genaugenommen seit heute, Mitinhaberin der Weltreise GmbH. Das macht es ja alles so kompliziert. Wie konnte das nur passieren? Ausgerechnet mir. Und glaub mir, Meike, ich wollte doch nicht, dass das passiert. Aber er ist so perfekt für mich. Ich fühlte mich schon immer zu ihm hingezogen, aber er ist verheiratet …", wieder brach sie in Tränen aus. „Also hast du denn mal mit ihm darüber gesprochen? Ich meine, über eure Nacht und darüber, dass er ja eigentlich verheiratet ist?" Meike sagte mittlerweile gar nichts mehr, sondern nippte aufgeregt an ihrem Teeglas. „Nein. Es ist an unserem letzten gemeinsamen Abend in Dubai passiert. Wir hatten auch ein bisschen was getrunken und auf unseren erfolgreichen Vertragsabschluss angestoßen. Herr Siemers, ich meine Peter, forderte mich zum Tanzen auf und wir haben getanzt und gelacht und dann ist es einfach passiert. Es hat sich so richtig angefühlt. Als ich in der Nacht neben ihm aufgewacht bin, war ich so erschrocken, dass ich schnell meine Sachen eingesammelt habe und in mein Zimmer geschlichen bin. Am nächsten Morgen habe ich mich nicht mal getraut ihn anzuschauen. Glücklicherweise hatten wir im Flieger zwei Einzelplätze, so dass er zwei Reihen hinter mir saß und ich gar nicht erst in Versuchung kam, mit ihm über die vergangene Nacht zu sprechen. Seitdem habe ich ihn noch nicht wieder gesehen. Er hat versucht mich anzurufen, aber ich hab mich nicht getraut ranzugehen. Was soll ich denn sagen?" Schwierig, verdammt schwierig. Endlich verliebt sich Susi, so wie von Meike vorhergesagt, und nun hat der Deckel einen Kratzer. Mist. Schweigen. Unten im Wohnzimmer war die Silvesterparty noch voll im Gange. Dem Jodeln nach zu urteilen, begeisterte Marcs Freund Matthias die Meute gerade mit seinen Pantomimenkünsten. Wir drei Mädels saßen noch immer schweigend auf Janes Bett. „Ich hab's, wir sollten herausfinden, wie ernst er es mit dir meint. Vielleicht ist ja seine Ehe bereits gescheitert, vielleicht leben Herr und Frau Siemers bereits getrennt, was ist, wenn er sich auch in dich verliebt hat? In der Liebe ist alles möglich, Meike, das hast du selbst gesagt. Komm, wir kriegen das schon wieder hin." Susi nickte: „Aber da ist noch was, ich habe meine Periode nicht bekommen." Meike verschluckte sich fast an ihrem Tee. Schnell ergriff ich das Wort, bevor Meike wieder Luft holen konnte. „Hast du schon einen Test gemacht? Das hat nichts zu sagen, vielleicht ist es einfach nur der Stress. Wir besorgen dir morgen erst mal einen Test, nur keine Panik." Susi wirkte erleichtert. Sie ist schließlich unsere Freundin, wir können sie doch nicht im Stich lassen, Moral hin oder her. Meike nickte: „Okay, so machen wir das, aber in Ordnung finde ich trotzdem nicht, dass du möglicherweise eine Ehe zerstört hast. Aber wenn du schwanger bist, behalten wir es, denk nicht mal über Abtreibung nach, verstanden!" Und dann nahm Meike uns beide fest in ihre Arme. „Danke, dass ihr da seid", schluchzte Susi. Dann wurde die Tür aufgeschmissen: „Mama, Tante Meike, Tante Susi, schnell, ihr müsst unbedingt runterkommen, Onkel Matthias ist so lustig und Onkel Ralf singt ganz lustige Lieder, looosssss." Jetzt mussten wir lachen, Jane hatte sich offensichtlich an meinem Schminkschrank vergriffen. Sie hatte den Lippenstift bis an die Ohren gezogen. „Wir kommen, Prinzessin."

Eine Woche später rief Susi mich völlig aufgelöst an: „Positiv, er ist positiv, Francis, ich bekomme ein Baby, oh mein Gott, was soll ich bloß tun, hörst du, PO-SITIV." Jetzt buchstabierte sie mir das Wort noch einmal extra laut für Gehörlose. „Schon gut, ich hab es ja gehört. Wir gehen zum Frauenarzt. Diese Tests können auch falsch sein." Susi brüllte weiter in den Hörer: „Francis, ich habe bereits 6 Tests gemacht, 3 aus der Drogerie und 3 aus der Apotheke. Oh mein Gott, was mach ich nur? Ich habe morgen einen Frauenarzttermin. Kommst du mit, bitte Francis. Ich will nicht Meike dabeihaben, bitte hab Zeit." Sie beruhigte sich langsam wieder. „Klar komm ich mit." Eigentlich hatte ich überhaupt keine Zeit. Endlich hatte ich mein Buch fertig. Frau Kümmel, die Leiterin der Kita, hatte mich angesprochen, ob ich nicht eine Buchvorlesung im Kindergarten machen möchte. Jane und Harry hätten so tolle Geschichten erzählt und wenn ich Lust hätte, könnte ich aus dem Buch auch allen anderen Kindern vorlesen. Natürlich habe ich sofort zugesagt. Was für eine Chance. Ich konnte direkt testen, wie meine Geschichten bei meinem Zielpublikum ankamen. Ich war total euphorisch. Sofort nahm ich mein Skript und fuhr in den Verlag. Ich brauchte dringend eine erste Auflage. Marc hatte in den letzten Wochen hauptsächlich versucht irgendwie den Verlag vor einer Pleite zu bewahren. Er hatte mit den Mitarbeitern unbezahlte Überstunden vereinbart, viele Gespräche mit potenziellen Investoren geführt und den Banken die Tür eingerannt. Ich hoffte, dass sich die finanzielle Situation des Verlags bald entspannen würde, und wollte unbedingt meinen Teil dazu beitragen. Immerhin, ich hatte ein Kinderbuch geschrieben, wenn das mal kein Bestseller wird. Mit einem erhabenen Gefühl betrat ich den Verlag und steuerte direkt auf das Büro meines Mannes zu. „Guten Tag, Frau Jones, Ihr Mann möchte nicht gestört werden, er führt gerade ein Vorstellungsgespräch." Silke, Marcs Sekretärin, lächelte mich an. Na gut, so lange kann das ja nicht dauern. Ich setzte mich vor die Tür und wartete. Gelächter drang aus seinem Büro. Ich lauschte. Das war doch eine Frauenstimme. Eifersucht stieg in mir hoch. Pa, ich bin schließlich die Frau vom Chef. Also stand ich auf, lächelte Silke kurz zu und trat in sein Büro. Da saß sie, eine große schlanke, höchstens Mitte 30-jährige Frau mit langen blonden Haaren in einem kurzen Kostüm, und lächelte meinen Mann entzückt an. Zielstrebig ging ich auf Marc zu, drückte ihm einen Kuss auf die Wange, reichte „Mrs. Beine bis zum Himmel" die Hand und sagte: „Guten Tag, Francis Jones, angenehm." Marc stand mit leicht gerötetem Kopf auf und stellte die junge Frau vor. „Meine Frau, Anna Siemers, unsere neue Sachbearbeiterin in der Finanzbuchhaltung und Controlling." Frau Siemers lächelte: „Gut, Herr Jones, dann freue ich mich auf eine gute Zusammenarbeit. Ich komme dann morgen früh um 8.00 Uhr. Auf Wiedersehen." Sie reichte mir die Hand und verließ das Büro. Ich überlegte. Siemers, der Name kam mir irgendwie bekannt vor. „Sag mal, Francis, was war denn das für ein Auftritt?" Marc sah irgendwie sauer aus. „Das nennt man Revier markieren, Frauen tun so was. Sie weiß jetzt, dass du verheiratet bist." Ich grinste. „Ich versteh nur Bahnhof, bist du eifersüchtig? Auf eine Mitarbeiterin? Das ist doch lächerlich." Männer! Sie lieben es, umschmeichelt zu werden, und tun hinterher immer ahnungslos. Statistisch gesehen, gehen Männer nicht mehr fremd als Frauen. Aber Frauen sind dabei etwas intelligenter, heißt es in einer Studie. Frauen werden weniger häufig erwischt. Wie das nur kommt! Frauen haben für so etwas eine Antenne. Wir merken doch die Blicke der anderen, wir sehen das flüchtige Lächeln und scheinbar zufällige Berührungen. Männer dagegen merken das nicht. Männer sind sich bei ihren Frauen immer sehr sicher. Erstens im Punkt: Sie betrügt mich nie. Und zweitens im Punkt: Das merkt die nie! Aber nicht mit mir. Jeglicher Ansatz wird sofort im Keim erstickt. Ich würde diese Frau Siemers im Auge behalten. Dieser Name, wo hatte ich ihn nur schon mal gehört? „Weshalb bist du doch gleich noch mal in mein Vorstellungsgespräch geplatzt?" Marc unterbrach meine Gedanken. „Mein Buch, ich habe mein Buch fertig, ich brauche einen Probedruck und stell dir vor, am Freitag gebe ich eine Buchvorlesung im Kindergarten bei Harry und Jane." Marcs Miene erhellte sich schlagartig. „Das ist ja großartig, wenn das mal keine guten Nachrichten sind. Bis Freitag wird aber echt knapp." Wir steckten die Köpfe zusammen und waren seit langem wieder ein Team. Wir stellten unser Team zusammen, um aus dem Skript ein richtiges Kinderbuch zu machen. Es musste noch grafisch gestaltet werden, die Papierqualität musste bestimmt werden, die Größe, die Seitenzahlen. Es gab noch jede Menge zu tun. Erst als Silke neben mir stand, fiel mir auf, was ich vergessen hatte. „Frau Jones", flüsterte sie, „eine Frau Kümmel hat angerufen, wann Sie die Kinder abholen." Upps, die Kinder. Wir hatten die Zeit völlig vergessen. „Danke, Silke, Marc, ich hole die Kinder, wir sehen uns zu Hause."

Stille. Es herrschte absolute Stille, als Dr. Trautvetter Susi zu ihrer Schwangerschaft beglückwünschte. Sie starrte einfach nur vor sich hin und verließ wortlos das Sprechzimmer. Auch während der Heimfahrt nichts, keine Gefühlsregung, keine Träne, nichts. Ich sah abwechselnd auf Susi, dann wieder auf die Straße. Eine halbe Stunde später hielten wir vor ihrem Haus. Sie stieg aus und verschwand im Hauseingang, ohne sich auch nur einmal nach mir umzusehen. Das war nicht Susi. Die Meisterin der Gefühlsausbrüche, egal ob Wut oder Freude, wenn einer seinen Gefühlen freien Lauf ließ, dann Susi. Ich fing an mir Sorgen zu machen, ich musste unbedingt Meike anrufen.

Als ich wenig später in den Verlag kam, herrschte eine angespannte, hoch konzentrierte Stimmung. Alle arbeiteten emsig, wie die Bienchen. Es lag ein Hauch von Aufbruchsstimmung in der Luft. Ich ging geradewegs in Marcs Büro und mir blieb fast der Atem weg, als ich Frau Siemers auf dem Schreibtisch meines Mannes sitzen sah. Miniröckchen, Pumps und die Beine ordentlich übereinandergeschlagen. Marc stand am Sideboard und war in irgendwelche Unterlagen vertieft. Als sie mich sah, sprang sie sofort hoch und sah mich erschrocken an. „Darf ich fragen, was Sie hier machen?", schnaubte ich die Neue an. Marc drehte sich zu mir um und lächelte mich an: „Wir besprechen gerade das neue Konzept zur Kostenreduzierung. Frau Siemers hat wirklich gute Vorschläge." Offensichtlich hatte er die sehr bequeme Haltung seiner Mitarbeiterin nicht mitbekommen. Das werde ich heute Abend mit ihm auswerten. Was denkt sich diese Person, sich auf dem Schreibtisch ihres Chefs zu rekeln? Mein Alarmsystem ist angesprungen. Kennen Sie das? Man nennt es auch weiblichen Instinkt. Wir Frauen haben einfach eine Antenne für so was. Man sieht eine Person und sie ist einem sofort unsympathisch. Sofort betrachtet man die Person genauer und stellt fest, dass sich alles, aber auch wirklich alles, bewahrheitet. Sie sieht toll aus, ist intelligent und sicher gerade Single. Kurz, sie ist das personifizierte Böse. Marc sah mich an: „Francis, wir brauchen noch eine halbe Stunde, dann komm ich und wir besprechen den Bucheinband, einverstanden?" Ich drückte ihm einen Kuss auf die Wange. „Gut, Liebling, ich wollte aber auch noch meine Buchpräsentation morgen im Kindergarten unserer Kinder besprechen. Frau Siemers", ich nickte ihr kurz zu und ging. So, ich habe mein Revier markiert. Es ist eigenartig, aber Frauen tun so was. Frau muss der Welt zeigen: Das ist meiner! Hände weg! Ich hatte früher mal einen besten Freund. Er hieß Frank und war eigentlich immer für mich da. Wir konnten uns alles erzählen und haben eigentlich auch die meiste Zeit miteinander verbracht. Aber er hatte eine Freundin, Tina. Anfangs waren wir ein richtiges Dreierteam. Ich dachte, sie ist auch meine Freundin, nie hätte ich gedacht, dass ich die Konkurrentin bin oder dass sie in mir Gefahr sieht. Aber eines Tages, als Frank stark angetrunken auf einer Party mich in den Arm nahm und sagte: „Weißt du, Francis, eigentlich lieb ich nur dich", und ich mich umdrehte und in Tinas Augen sah, da wusste ich irgendwie, dass war's mit unserer Freundschaft. Ich hatte das Ganze natürlich als harmlos abgetan und nie darüber ein Wort verloren, aber es hatte sich etwas zwischen uns verändert. Sie rief nicht mehr an, sie ging auch nicht mehr sofort ans Telefon und Frank hatte plötzlich immer etwas zu tun. Irgendwie bekam ich ihn gar nicht mehr zu sehen. Und je mehr ich darüber nachdachte, umso deutlicher wurde mir, was geschehen war. Es war eine Grenze überschritten und ich war jetzt die Frau, die sich in ihre Beziehung gedrängt hatte. Tina tat das, was vermutlich alle Frauen taten, sie markierte ihr Revier. Ein Jahr später bekamen Frank und sie ein Kind und heirateten, und das natürlich heimlich. Ein Freund erzählte es mir später. Es war meine Schuld, irgendwann bin ich zu weit gegangen, eine Dreierbeziehung funktioniert eben nicht und ich habe gelernt zu den Männern meiner Freundinnen immer einen Sicherheitsabstand zu lassen. Deshalb sind vermutlich schwule Männer die besseren besten Freunde, da hier keine Frau als ernstzunehmende Konkurrentin angesehen wird.

Ich hatte mir nach dieser Geschichte geschworen, erst mal einen Menschen kennen zu lernen und nicht jedem, oder besser gesagt jeder, etwas Böses zu unterstellen. Vielleicht hatte ja der erste Eindruck getäuscht und Frau Siemers hat tatsächlich nur ein rein berufliches Interesse an meinem Mann. Na gut, und dass sie jetzt weiß, dass es MEIN Mann ist, kann ja nicht schaden. Aber ich musste mehr über diese Frau erfahren, schließlich muss ich mir ja ein Bild darüber machen, ob sie Freund oder Feind ist. Ich steuerte also geradewegs in die Personalabteilung zu Ursula, liebevoll Ursel genannt. Wir beide kennen uns schon ewig. Damals in Berlin, als ich ganz neu im Verlag angefangen hatte und ich wutentbrannt aus einer Sitzung geschossen kam, weil dem Herrn Chefredakteur mein Artikel nicht gefallen hatte, bin ich ihr direkt in die Arme gelaufen. Sie hat mich bei einer Tasse Kaffee wieder auf den Boden der Realität zurückgeholt und mir ein paar Tricks im Umgang mit dem cholerischen Chef gegeben. Seitdem waren wir beste Kollegen und bald Freunde. Ursel war schon Mitte 50 und da sie keine Kinder hatte, hatte ich immer das Gefühl, ich war so was wie die Tochter, die sie sich immer wünschte. Und als sie vor einem Jahr herausfand, dass ihr Mann sie seit fast 2 Jahren betrog und die kleine Affäre ein Kind von ihm erwartete, hat sie kurzerhand die Scheidung eingereicht, ihre Koffer gepackt und ist nach München gezogen. Sie stand eines Morgens im Verlag in der Tür und fragte Marc nach einem Job.

Ich riss die Tür auf: „Guten Morgen, Ursel", sie sah von ihrem Schreibtisch hoch, lächelte mich an und hielt mir bereits einen Umschlag entgegen. Auf mein fragendes Gesicht antwortete sie: „Die Personalakte der Neuen, die möchtest du doch?" Es erstaunte mich immer wieder, wie gut sie mich kannte. „Ich mag sie nicht, sie sieht so gut aus und ...", ich überflog den Lebenslauf, „... sie scheint fachlich einiges draufzuhaben. Mhmm, BWL-Studium, Abschluss

mit Bestnote, ein Jahr im Ausland ...",
Ursel lehnte sich zurück. „Francis, du
darfst nicht so schnell urteilen. Der Verlag steckt in der Krise und sie scheint
die Richtige zu sein, obwohl du nicht die
Einzige bist, die skeptisch ist. Einige Kollegen haben Angst um ihre Arbeitsplätze
und man munkelt, so wie die aussieht,
würde sie doch alles beim Chef durch-
kriegen." Auch Ursel hatte Sorgenfalten
auf der Stirn. „Mhmm, hier steht, sie ist
ledig, keine Kinder, Mist. Aber der Chef
hat ja Gott sei Dank noch eine Frau, die
die Neue unter die Lupe nimmt. Marc
hat nicht vor Arbeitsplätze abzubauen.
Und wenn mein Buch erst rauskommt,
apropos, ich muss mich noch auf meine
Vorlesung morgen im Kindergarten vor-
bereiten. Und Ursel, ich kümmere mich
um diese Siemers." Ursel lachte: „Aber
nicht so dolle, ich kenne dich. Denk
dran, vielleicht ist genau diese Frau ein
Segen für diesen Verlag." Ja klar, kann
dieser Segen nicht klein und dick sein?
Mal sehen, vielleicht werde ich Susi auf
Frau Siemers ansetzen, sie braucht jetzt
eh ein bisschen Abwechslung und so ein
bisschen beschatten kann ja nicht schaden.

Freitagmorgen, der Wecker klingelte und auch im Flur war schon reges Treiben. Die Tür flog auf: „Mama, Maaammm-maaa, aufsteheeeeeen! Du gehst doch heute in den Kindergarten. Frühstück ist schon fertig, Jane und ich haben schon den Tisch gedeckt." Harry war mit Anlauf auf mein Bett gesprungen und brüllte mir ins Ohr. Au Mann, warum müssen Kinder immer brüllen? Hundertmal am Tag sage ich, schreit doch nicht so, Mama hat doch noch gute Ohren. Aber nein, immer muss alles schreienderweise bekannt gegeben werden. Und dann will ich heute auch noch freiwillig zur Sammelstelle der Schreihälse, ich musste verrückt sein. Das hatte ich mir nicht wirklich gut überlegt. Ich ließ mich zurück ins Kissen fallen. Warum musste ich auch ein Kinderbuch schreiben? „Maaaaaaaaaaaaaamaaaaaaaaaaaa, nun komm doch endlich, wir müssen doch los." Harry stand auf der Treppe und brüllte mich noch einmal auf dem Weg in die Küche an. Na dann kann der Tag ja beginnen. Marc hatte gestern den ersten Probedruck mitgebracht und das Buch sah toll aus. Die kleine Hexe hatte unser Grafiker James Nolle toll hinbekommen. Sie sah so niedlich und frech aus. Genauso hatte ich sie mir vorgestellt. Eine kleine zarte Hexe, moosgrüne Haare, die in alle Richtungen standen, gekleidet in ein Kleidchen aus Blütenblättern und aus Rinde gearbeitete Knie- und Armschützer. Die Idee kam von Harry, er meinte, sie muss doch eine „Kampfausrüstung" tragen, damit sie sich nicht verletzten kann bei ihren Abenteuern im Wald. Das Buch war großartig. Mit freudiger Erwartung auf diesen Tag ging ich die Treppe hinunter.

Der Tisch war tatsächlich gedeckt. Eine Packung Cornflakes, daneben die Flasche Milch und für jeden eine Müslischüssel. Harry und Jane saßen an ihren Plätzen und strahlten mich an. „Na, Mama, das haben wir toll gemacht, oder?" Ehe ich reagieren konnte, stand Marc hinter mir: „Guten Morgen, mein Schatz, ich habe Kaffee gekocht und die Eier sind in einer Minute fertig. Mach nicht so ein Gesicht und setze dich." In solchen Momenten liebte ich ihn besonders. Ich gab jedem Kind einen Kuss und setzte mich an meinen Platz.

Nach unserem wirklich schönen Frühstück fuhr ich die Kinder in die Kita. Frau Kümmel empfing mich freudestrahlend. „Frau Jones, wie schön, die Kinder freuen sich schon sehr. Ich habe alles im Gemeinschaftsraum vorbereitet." Es war ein schöner heller großzügiger Raum. An einer Wand stand ein großes Bücherregal, wobei, es war mehr breit als hoch. So konnten alle Kinder an die Bücher herankommen. Davor stand ein Tisch mit kleinen Stühlen. Es sah aus wie eine kleine Minibibliothek. In der Ecke lag eine große Matratze mit vielen bunten Kissen, dann stand daneben ein langes Regal, welches als Raumteiler fungierte. Dann kam die Spielecke mit einem großen bunten Teppich und vielen Spielzeugkisten drum herum. In der Mitte des Zimmers stand ein Sitzsack. „Frau Jones, wenn Sie hierauf Platz nehmen würden. Die Kinder werden sich hier im Raum verteilen und wenn Sie auf dem Sitzsack sitzen, sind Sie nicht so groß für die Kinder. Ist das in Ordnung?" „Natürlich." Ich lächelte, noch. In diesem Moment öffnete sich die Tür und gefühlte tausend Kinder stürmten den Raum. Sie johlten, schrien und rannten alle durcheinander. Und diese Horde kam auf mich zugestürmt, ich dachte augenblicklich an die Szene im Film „König der Löwen", als die Herde Gnus auf Simba zurannte. Ich hielt kurz die Luft an und hielt mich an meinem Buch fest. Die Erzieherinnen versuchten sogleich etwas Ruhe in den Haufen zu bringen. Gott sei Dank hatte ich nur zwei von der Sorte, meine Hochachtung vor dem Beruf Kindergärtnerin stieg ins Unermessliche. Man verstand ja sein eigenes Wort nicht mehr. Aber dann breitete Frau Nachtigall ihre Arme aus und sofort war Ruhe im Raum. Frau Nachtigall war eine Frau Anfang 50, etwas kräftig mit einer sehr bestimmten Stimmlage. Sie trug heute einen langen Rock mit einem langen Poncho oder so was in der Art, sah ziemlich flippig und modern aus. Als sie so mit ihren ausgebreiteten Armen vor mir stand, hatte das etwas Beschützendes. Wie ein großer Adler, der sich schützend vor einen Schwarm wilder Wespen aufbaute und mit einem Flügelstoß die Angreifer in die Flucht schlug. Ha, und schon hatte ich den Anfang einer weiteren Geschichte. „Frau Jones, möchten Sie anfangen?" Frau Nachtigall holte mich zurück in meinen Sitzsack.

Auf dem Weg in den Verlag klingelte mein Telefon: „Wann kommst du denn endlich? Susi und ich warten schon seit 10 Minuten?" Verdammt, ich hatte das

Mittagessen mit Meike, eigentlich nur mit Meike, vergessen. „Sorry, ich kann nicht, ich bin schon wieder auf dem Weg in den Verlag. Das Team möchte mit mir die weitere Marketingstrategie besprechen, es tut mir leid, wie geht es Susi, wie hast du es geschafft, sie aus dem Haus zu bekommen?" Ich hatte in den vergangenen Tagen vergeblich versucht sie zu erreichen. „Schade, aber du hättest wenigstens absagen können, meine Liebe ...", ihr Ton war leicht beleidigt, „... ich bin einfach bei ihr vorbeigefahren und habe sie abgeholt. Es geht ihr schon besser, Susi fährt morgen nach Hamburg zu irgendeinem Meeting, schließlich ist sie schwanger, nicht krank. Wie war deine Buchlesung im Kindergarten?" Ich fuhr auf den Parkplatz des Verlags. „Du, Meike, lass uns später reden, ich bin da. Genießt euer Mittag und denkt an mich. Liebe Grüße." Dann legte ich auf. Auf meinem Weg nach oben kam ich an Frau Siemers Büro vorbei. Die Tür stand offen. Ich klopfte leise und trat ein. Keiner da. Na dann kann ich auch mal einen Blick auf ihren Schreibtisch werfen. Neben dem Telefon stand ein Foto von ihr und einem sehr gut aussehenden Mann mittleren

Alters. Vielleicht hat sie einen festen Freund, verheiratet war sie laut Lebenslauf jedenfalls nicht. Sie wirkten sehr glücklich auf dem Foto. Daneben stand noch ein Foto von ihr und einer weiteren attraktiven Frau. Sicher war das ihre Schwester. Etwas beruhigter schlich ich wieder raus. Gerade noch rechtzeitig, Nicole vom Kreativteam kam um die Ecke und war sichtlich erleichtert mich zu sehen. „Francis, endlich, wir warten schon." Und tatsächlich, alles wartete auf mich. Der Rest des Nachmittags verging wie im Flug. Alle waren so fleißig, so motiviert, so voller Erwartungen. Die Termine der nächsten Wochen waren festgelegt. Frau Kümmel hatte bereits auf der Leitertagung vorgestern von meiner Buchlesung erzählt, daraufhin hatten schon 5 weitere Kindergärten einen Termin vereinbart. Manuela war für alle Termine verantwortlich. Ich fühlte mich ein bisschen wie ein Star. Nur eins bereitete mir Bauchschmerzen, eine Woche Buchmesse in Leipzig, und das schon in 2 Wochen. Bislang war ich nie über einen längeren Zeitraum von meinen Kindern getrennt gewesen und mitnehmen konnte ich die beiden nicht. Und überhaupt, Marc arbeitete zurzeit

12–14 Stunden am Tag, wann soll er sich um die Kinder kümmern? Ich glaube nicht, dass er das bedacht hat.

Nach dem Meeting holte ich meine beiden überglücklichen Kinder ab und fuhr nach Hause. Sie redeten unaufhörlich, wie schön es doch war, dass ich aus dem Buch vorgelesen habe, und ob ich nicht jeden Tag kommen könnte. Das tat gut, meine ersten Fans.

Auch die folgenden zwei Wochen vergingen wie im Flug. Wir hatten eine Lösung für unser Problem gefunden, meine Eltern würden aus Berlin kommen und sich um die Kinder kümmern, solange ich weg war. Meine Mutter hatte sofort ja gesagt, sie seien ja schließlich Rentner und in Berlin wäre das Wetter eh grad hässlich. Aber ich würde ganz allein fahren, auch Marc blieb zu Hause, er konnte schließlich jetzt nicht den Verlag alleinlassen. Die Zeit, um darüber nachzudenken, blieb mir nicht. Ich fuhr Kindergärten ab und verteilte Leseproben. Am Tag meiner Abreise saß meine Mutti auf meinem Bett und sah mir beim Packen zu. Das hatte sie früher schon getan und genau wie früher konnte sie es nicht lassen, meine Sachen noch einmal

„ordentlich" zusammenzulegen und im Koffer zu verstauen. Früher hatte ich das gehasst, aber jetzt genoss ich ihre Anwesenheit. Sie fehlte mir, so weit weg in Berlin. Mir fehlten die Mutter-Tochter-Gespräche. Ich war froh, dass ich sie hatte. Sie war nicht mehr meine strenge Mutter, sie war vielmehr meine Freundin geworden. Ich konnte mich immer auf sie verlassen und auf ihre Hilfe bauen. Es war schön, so eine Mutter zu haben. Wenn ich da an Susis Mutter dachte ... Sie hatten seit Jahren keinen Kontakt mehr zueinander, weil sie für Susis Leben einen reichen Banker vorgesehen hatte und Susi als Hausfrau und Mutter sehen wollte. Letzteres ging ja nun in Erfüllung, obwohl ich mir sicher bin, dass Susi von ihrer Schwangerschaft noch niemandem außer Meike und mir erzählt hatte.

Als wir fertig waren mit Kofferpacken, lächelte meine Mutter mich an: „Francis, ich bin sehr stolz auf dich. Ich habe dein Kinderbuch gelesen und es ist toll." Ja, das ist es wirklich, dachte ich. Wir drückten uns und dann gingen wir hinunter zum Abendbrot.

Etwas wehmütig verließ ich früh das Haus und winkte den Kindern noch lange, bis Marc mich darauf hinwies, dass wir bereits seit 10 Minuten unterwegs sind und die Kinder mich mit großer Wahrscheinlichkeit nicht mehr sehen würden. Okay, aber ich war noch nie eine Woche von meinen Kindern getrennt. Es fühlte sich in diesem Moment ganz schrecklich an. Ich würde eine Woche in ihrem Leben verpassen. Vielleicht würden sie bis dahin gewachsen sein, oder sie haben ein neues Lied gelernt oder Jane konnte endlich alleine Fahrrad fahren oder Harry konnte Rollschuh fahren. Wieso fuhr ich eigentlich zur Buchmesse? Marc schien meine Gedanken zu erraten. „Nun mach dich nicht verrückt, die Kinder werden die Woche mit deinen Eltern genießen und ich bin doch auch noch da. Jetzt schau mal nach vorn, du wirst die ganze Zeit beschäftigt sein und gar nicht merken, dass wir nicht da sind. Und im Nu ist die eine Woche wieder vorbei und du bist wieder zu Hause. Und ja, ich werde dich auch vermissen. Und ja, wir telefonieren jeden Tag. Zufrieden?" Wenn er mich so anlächelte, konnte ich einfach nicht traurig sein.

Wow, das Hotelzimmer war spitze. Ich hatte ein Zimmer im vermutlich schicksten Hotel Leipzigs bekommen. Es war so liebevoll eingerichtet. Ein großes Himmelbett, überall frische Blumen, Kerzen und im Bad eine große Badewanne. Ich konnte nicht anders, ich hatte noch 2 Stunden Zeit, also ließ ich mir ein Bad ein und genoss die Ruhe. Marc hatte recht, es tat mal gut, so ohne Kindergetrampel, ohne Telefon, keiner, der an der Haustür klingelte. Es war fast schon unheimlich. Die Tage vergingen wie im Flug. Ich traf Lektoren, Verleger, Pressesprecher und Moderatoren. Ich führte so viele Gespräche, signierte Bücher und staunte bei der Konkurrenz. Und ich traf Willi Wattermann wieder. Ein gut aussehender Radiomoderator aus Berlin. Damals traf ich ihn bei einem Interview mit Obdachlosen. Er war nicht nur gut aussehend, sondern auch noch sehr charmant und leider glücklich verheiratet. Damals war ich gerade in der Phase „Warum verliebe ich mich eigentlich immer in die falschen Männer?". Aber auch das ging vorbei. Willi und ich hatten uns viel zu erzählen. Auch er war mittlerweile Vater zweier Töchter und arbeitete seit 3 Jahren beim Fernsehen. Er suchte immer neue Schriftsteller und Romane für ein Literaturmagazin beim RBB. Somit hatte er schon dem einen oder anderen zu einer ganz großen Karriere verholfen. Interessant. Ich ließ mir seine Karte geben. Wir tauschten Fotos und erzählten von unseren Familien. Wie alte Freunde, die sich seit Jahren wiederbegegneten. Der Abend war schön, aber ich merkte, wie sehr ich Marc vermisste. Es wurde Zeit, dass ich wieder nach Hause fuhr zu meiner Familie, wo ich hingehörte. Willi und ich versprachen einander uns wiederzusehen. „Vielleicht können wir mal zu viert ausgehen, wenn ihr deine Eltern in Berlin besucht", hatte er vorgeschlagen. Er war schon damals ein guter Freund gewesen und auch ich empfand tiefe freundschaftliche Zuneigung und das beruhigte mich irgendwie.

Sosehr ich die Woche in Leipzig genoss, sosehr plagte mich in unbekannter Weise das Heimweh. Früher war ich oft tagelang unterwegs, selbst der Umzug von Berlin nach München fiel mir nicht besonders schwer, aber jetzt ... Ich kroch abends in mein kaltes Hotelbett, schaltete den Fernseher ein und versuchte mich abzulenken. Natürlich telefonierte ich täglich mit den Kindern, aber die aufregenden Erzählungen über die Erlebnisse des Tages schnürten mein Herz nur noch enger zusammen. Was mich aber richtig unruhig werden ließ, war die Tatsache, dass ich Marc einfach nicht erreichte. Hatte er nicht versprochen täglich mit mir zu telefonieren? Was kann wichtiger sein, als seine Frau anzurufen oder wenigstens die Mailbox abzuhören und mal zurückzurufen? Aber wehe, wenn ich mal nicht erreichbar bin, dann kann ich mir jedes Mal anhören: „Wozu hast du eigentlich ein Handy, wenn ich dich nicht erreichen kann?" Toll. Ich hörte seit 2 Tagen: „Tut mir leid, Frau Jones, ihr Mann ist gerade in einer Besprechung mit Frau Siemers"; „Guten Tag, Frau Jones. Nein, Ihr Mann ist gerade zu Tisch"; oder: „Sie haben ihn gerade verpasst, Herr Jones ist bis heute Abend außer Haus. Aber natürlich richte ich ihm aus, dass Sie angerufen haben." Immer diese Siemers, ich dreh noch durch. Herrgott, ich erkenne mich nicht wieder, Eifersucht passt einfach nicht zu mir. Meine letzte Hoffnung war Ursel, doch sie konnte mich auch nicht wirklich beruhigen: „Oh, die Siemers macht sich gut. Sie hat ziemlich viele Ideen, bindet die Kollegen mit ein und ist echt beliebt, vor allem bei den männlichen Kollegen", versuchte sie zu scherzen. Autsch, das wollte ich nun wirklich nicht hören. Mist, und ich bin so weit weg, und das noch 2 Tage.

Ich rief Susi an: „Bitte, du musst in den Verlag und sehen, was Marc mit dieser Siemers treibt oder auch nicht, biiiitttte! Du bist meine letzte Rettung." Susi kicherte: „Wie stellst du dir das vor? Soll ich da reinspazieren und fragen: ‚Na, Marc, haste was mit ‘ner Kollegin, deine Frau dreht durch vor Eifersucht?'", jetzt brach sie in Gelächter aus. „Ich weiß nicht, was daran so witzig ist, geh einfach hin und geb eine neue Annonce auf für das Reisebüro. Und weil du den Chef persönlich kennst, lässt du dich nur von ihm beraten. Ach, komm, er hat bestimmt ein bisschen Zeit für dich. Dir fällt schon was ein und dann fragst du ihn beiläufig, wann er das letzte Mal mit seiner Frau telefoniert hat", fügte ich noch grimmig hinzu. „Okay, weil du es bist, aber eigentlich hab ich selbst genug Probleme, als deinen Mann zu bespitzeln", stöhnte sie, es war kein genervtes Stöhnen, es hatte was von Verzweiflung und Hilflosigkeit. „Tut mir leid.

Ich bin dir keine besonders gute Freundin, was? Wie geht's dir? Konntest du mit Peter schon reden? Lange wirst du es eh nicht verstecken können, Susi, irgendwann ist dein Bauch nicht mehr zu verstecken." Ich hatte die letzten Tage kaum an Susi gedacht, so sehr war ich mit der Buchmesse, meinem Heimweh und meiner Eifersucht beschäftigt. „Ach, Francis, ich möchte ihm so gern um den Hals fallen, ihm von unserem Glück, Eltern zu werden, erzählen und wenn sie nicht gestorben sind, dann lieben sie sich noch heute. Aber kann ich damit leben, das Leben seiner schönen Frau zu zerstören? Und was ist, wenn er mich und das Kind gar nicht will und unsere gemeinsame Nacht lange bereut hat? Vielleicht hinterlässt er mir deshalb Nachrichten auf dem AB, er möchte mir sagen, dass alles ein großer Fehler war. Ich schaff es einfach nicht, den Hörer abzunehmen, wenn er anruft, aber ich höre den AB jeden Abend vor dem Schlafen ab, um noch einmal seine Stimme zu hören. Ich bin krank, oder?"

„Nein, Liebes, du bist einfach nur richtig verliebt, vielleicht solltest du das Risiko eingehen und alles auf eine Karte setzen. Du musst mit ihm reden. Es wird nicht einfacher, je weiter du es vor dir herschiebst. Wir machen einen Mädelsabend, gleich nächste Woche und dann sehen wir weiter." Wir verabschiedeten uns und legten auf. Ich war richtig gerührt, Susi war verliebt, richtig verliebt, und dann bekommt sie auch noch ein Kind von dem Mann, den sie liebt, da muss es doch ein Happy End geben. Ich musste unbedingt mit Meike sprechen.

Ich war irgendwie froh, als ich am Morgen aufwachte und der letzte Tag der Buchmesse anbrach. Heute Abend geht's endlich wieder nach Hause. Nach dem Frühstück hieß es ein letztes Mal: Auf ins Getümmel! Ich lächelte, sah auf die Uhr, ich verteilte Visitenkarten und sah auf die Uhr, ich signierte Bücher, beantwortete Fragen und blickte wieder auf die Uhr. Dann klingelte mein Handy. Es war Marc. Ich gab den anderen ein kurzes Zeichen und stellte mich etwas abseits. Leider konnte ich ihn wegen des Lärms kaum verstehen. Alles läuft gut, er vermisst mich, was ist das nur für ein Krach, bis morgen Schatz. Dann war das Gespräch schon beendet. Wieso bis morgen? Er wusste nicht mal, dass ich heute Abend nach Hause kam. Ich war enttäuscht. Am späteren Nachmittag seilte ich mich für eine Stunde ab, um noch mal durch die Comicaussteller zu schlendern. Ich liebte Comics, aber am tollsten fand ich die Fans, die in kreativen Kostümen ihren Helden nacheiferten. Eine junge Frau war umhüllt mit Alufolie, eine andere hatte ihr Kostüm aus verschiedenen Abfallgegenständen zusammengestellt. Sie hatte einen BH aus Rama-Dosen an. Meike würde mit dem Kopf schütteln und sagen: „Haben die denn keine Mütter, die ihnen verbieten so rumzulaufen?" Ich lächelte. Ich konnte ihre Stimme deutlich hören. „Das sieht doch toll aus und sieh dir mal den Kerl da an, eine gekonnte Mischung aus Robin Hood und Superman." Ich werde langsam paranoid, jetzt hörte ich Susis Stimme. Ich sah mich um. 3 Regale weiter standen meine beiden besten Freundinnen und beobachteten die Leute. Das gibt's doch nicht. Ich schlich mich heran: „Na, welche Figuren stellt ihr dar?", fragte ich kichernd. Beide zuckten erschrocken zusammen. „Mann, Francis, ich bin schwanger, soll ich 'ne Sturzgeburt kriegen?", Susi schnaubte. „Francis, da bist du ja, wir haben dich schon gesucht", strahlte Meike. „Überraschung!" Ja, das war es wirklich. „Aber ihr wisst schon, dass ich heute nach Hause fahre, und überhaupt, was macht ihr hier?" Susi schüttelte den Kopf: „Nein, wir fahren heute nicht nach Hause, wir hängen noch einen Wellnessabend dran und den Rest erzählen wir dir, wenn du hier fertig bist."

Es war der schönste, entspannendste Abend seit langem. Der ganze Stress der letzten Tage fiel spätestens vor der Sauna mit der Unterwäsche von mir ab. Susis Bäuchlein konnte man schon deutlich sehen, lange würde sie die Schwangerschaft nicht mehr verheimlichen können. Meikes Blick verriet mir, dass sie das Gleiche dachte. Aber wir sprachen an diesem Abend nicht von Peter, nicht von Marc und nicht von Ralf. Wir sprachen überhaupt nicht über Männer. Na ja, so ganz stimmte das nicht. Meike erzählte den neusten Klatsch und Tratsch aus dem Tennisclub, Susi lästerte über die Scheichs in Dubai und ich erzählte das eine oder andere aus dem Leben der Promis, die ich bei der Buchmesse gesehen und lächelnd belauscht hatte. Was Menschen alles für eine Schlagzeile taten, erstaunte mich immer wieder. Ich glaube, in diesem Jahr war es Daniela Katzenberger, die für die meiste Aufregung sorgte. Allein dass „die Katze" eine Buchmesse besuchte, war unglaublich, aber als ich erzählte, dass sie ihre Biographie vorgestellt hat, konnten Meike und Susi ihr Gelächter nicht mehr zurückhalten. Es war ein schöner Abend. Und als wir am späten Abend auf meinem Himmelbett lagen und Patrick Swayze in „Dirty Dancing" anschmachteten, wie früher, als wir noch Teenager waren und uns in den Ferien den Film täglich reinzogen, beschloss ich meinen ersten Frauenroman zu schreiben. Einen Roman über Freundinnen. Genug Stoff hatte ich, nur das Ende war noch offen. Ja, das Ende, mein letzter Gedanke, bevor ich einschlief, war, es muss ein Happy End sein.

Der nächste Morgen begann sonnig und gut gelaunt. Susi begrüßte uns mit einem: „Mädels, der Abend war toll, ich habe beschlossen, ich sage es Peter. Egal was passiert, ich will ihn. Wie sieht ′s aus, helft ihr mir?" Ich sah Meike an, Meike sah mich an. „Ja, sicher tun wir das. Ehefrau hin oder her. Unser Baby braucht einen Vater!" „Ach, und Francis, du brauchst keine Angst haben um Marc, er hat ziemlich viel um die Ohren, aber er hat die ganze Zeit von dir gesprochen; ich glaube, er ruft nicht so oft an, um nicht den Verstand zu verlieren, wenn er deine Stimme hört. Frau Siemers heißt übrigens Anna und ist dieselbe Frau, die als Foto auf Peters Tisch steht. Aber sie hatte keinen Ehering um. Vielleicht ist die Ehe doch schon kaputt. Ich habe sie gesehen und kurz mit ihr gesprochen, als ich auf Marc gewartet habe, und beschlossen, sie macht keinen zerbrechlichen Eindruck. Sie ist, glaub ich, eine starke Frau, die die Wahrheit vertragen kann." Meike drückte sie an sich: „Du triffst die richtige Entscheidung und wenn alles schiefgeht, hast du immer noch uns."

Wir aßen gemütlich Frühstück und fuhren dann nach Hause. Wir hatten super Laune und sangen laut die Songs von „Dirty Dancing" mit. Natürlich hatte Susi die CD dazu im Auto. Ich fühlte mich wie damals, als wir nach einem erfolgreichen Partywochenende nach Hause fuhren. Wie leicht war das Leben damals als Studentin noch. Man schwamm auf einer Welle mit, ohne zu wissen, wo man strandete. Nicht zu wissen, ob man vielleicht an diesem Wochenende die Liebe seines Lebens findet oder einfach nur am Sonntag erleichtert war, dass es der Typ von gestern Abend doch nicht ist. Ach, wie zwanglos und frei war das Leben. Ich genoss den Moment der Erinnerung. Dann bog Susi in unsere Einfahrt ein und ich sah mein Begrüßungskomitee. Mein Herz lachte. Harry stand neben Marc und hüpfte vor Freude auf und ab; Jane stand zwischen meinen Eltern und winkte eifrig. Sie rannten mich fast um, als ich auf sie zulief. Marc nahm mich in seine starken Arme und küsste mich innig. „Du hast mir so gefehlt", hauchte er mir ins Ohr. Ich merkte, wie mir eine Träne vor lauter Erleichterung über das Gesicht lief. Das war mein Mann, meine Familie, und ich war froh keine Studentin mehr zu sein.

An diesem Abend wichen mir die Kinder nicht von der Seite. Sie erzählten mir jede Einzelheit der letzten Tage noch einmal. Unsere täglichen Telefonate schien es nicht gegeben zu haben. Sie zeigten mir alles, was sie in der Woche meiner Abwesenheit gemalt, gebastelt und gelernt hatten. Ich war froh, als ich ihnen die Gute-Nacht-Geschichte endlich erzählen konnte. Dann bekamen beide noch ihren Gute-Nacht-Kuss und schliefen ruhig ein. Meine Eltern verabschiedeten sich zeitig und ließen Marc und mich allein. Er küsste mich sanft an meinem Hals und flüsterte etwas von einer Überraschung im Schlafzimmer. Ich lächelte, oh ja, er hatte mich vermisst. Er nahm mich auf seine starken Arme und trug mich nach oben. Es muss eine Ewigkeit her gewesen sein, als er mich das letzte Mal trug, aber offensichtlich fiel es ihm noch immer nicht schwer, obwohl ich bestimmt ein paar Kilo zugenommen hatte in den letzten Jahren. Er hatte Kerzen angemacht, überall, und es roch verführerisch nach Vanille. Er legte mich sanft auf dem Bett ab. „Ich bin so stolz auf dich und ich hab dich so vermisst", flüsterte er. Seine Miene war ernst und sanft zu gleich. „Ich dich auch und ich glaube, ich werde nie wieder so lange von euch wegfahren." Erst jetzt merkte ich, wie sehr er mir gefehlt hatte. Ich zog ihn zu mir runter und küsste ihn leidenschaftlich. Und dann vergaß ich alles um mich herum. Es gab nur noch Marc und mich. Wir liebten uns leise, genussvoll und leidenschaftlich. Er liebkoste meinen ganzen Körper. Ich sah im Schattenspiel der Kerzen, wie sich seine Muskeln anspannten, und zeichnete mit meinen Fingern die Kontur seines Körpers nach. Erst die Arme, angespannt und hart waren sie neben mir abgestützt, dann die Schultern, an den Schulterblättern hinab spürte ich seine Bewegung. Ich verweilte ein bisschen, um mich der Welle der Erregung hinzugeben. Er stöhnte leise in mein Ohr, ich schloss die Augen und gab mich ihm völlig hin.

Der nächste Morgen begann vor allem laut. Die Tür wurde aufgerissen, laut schreiend rannten die Kinder durch unser Schlafzimmer, über unser Bett und dann wieder raus. Ich stöhnte, also das hatte ich nicht vermisst. Marc grummelte etwas in die Bettdecke. Aber das hatte ich vermisst. Ich rutschte in seine Arme und atmete tief ein. „Guten Morgen, Schatz", murmelte er und küsste meine Stirn. „Alles wie immer", grinste ich zufrieden. „Wie jeden Morgen, ich muss ins Büro, kommst du heute auch? Ich habe eine Überraschung für dich." Ich wollte erst die Kinder wegbringen und meine Eltern zum Bahnhof fahren. „Später ja, der Zug fährt um 11.00 Uhr, danach komm ich zu dir. Es ist schön, wieder zu Hause zu sein." Wir standen auf und gingen zum Frühstück.

Als ich gerade auf dem Weg in den Verlag war, rief mich Susi an: „Francis, hast du Zeit? Können wir uns zum Mittag treffen? Meike kommt auch, ich muss euch Neuigkeiten erzählen." Sie war richtig aufgekratzt. „Eigentlich bin ich gerade auf dem Weg in den Verlag. Marc hat eine Überraschung, aber gut, da kann ich auch nach dem Mittag hinfahren. Also bis gleich. Ich hoffe, es sind gute Neuigkeiten?" Sie lachte: „Die besten!" Marc klang am Telefon etwas traurig und zugleich nervös, aber freudig nervös irgendwie. Ich sollte mich beeilen, denn er muss mir was Tolles zeigen. So viele tolle Neuigkeiten an einem Tag. Susi saß schon ganz zappelig an unserem Tisch, als ich das Restaurant betrat. Kurz nach mir kam auch Meike. „Na, was gibt es denn so Aufregendes?" Meike wirkte gereizt. Ich sah sie überrascht an: „Bist du heute mit dem falschen Bein aufgestanden?" „Tja, so könnte man das auch nennen. Da ist man einen Tag weg und Ralf und die Kinder verwandeln das ganze Haus in ein Schlachtfeld. Ich habe gestern nur hinterhergeräumt, sauber gemacht und vor mich hin geschimpft. Na, Ralf hat sich zwar entschuldigt und so, aber als ich heute Morgen aus dem Bett ausgestiegen bin und auf einer Murmel ausgerutscht, mir den Kopf an der Bettkante angeschlagen habe und das Toilettenpapier alle war, habe ich kurz überlegt alles hinzuschmeißen und abzuhauen. Susis Anruf war die Rettung, sonst wäre ich wahrscheinlich explodiert. Also Susi, was gibt's so Tolles, ich kann gute Neuigkeiten vertragen." Die Kellnerin unterbrach Susis Ansatz und so bestellten wir zunächst. „Also, ich habe euch doch von meinem Entschluss erzählt, mit Peter zu reden, und damit ich es mir nicht noch mal überlege, habe ich ihn kurzerhand gestern Abend angerufen und mich mit ihm zum Abendessen verabredet. Er hat sich sichtlich gefreut, mich zu sehen, und mir sogar Blumen mitgebracht. Ist er nicht toll?" Es war mehr eine rhetorische Frage. „Und wir haben geredet und geredet und stellt euch vor, Anna Siemers ist nicht seine Frau, sondern seine Schwester und der Ring an seinem Finger ist der Ehering seiner Mutter, den er immer bei sich trägt, seit sie und sein Vater bei einem Autounfall ums Leben gekommen sind. Ich bin so glücklich. Er hat mich nach Hause gebracht und mich zum Abschied geküsst. Es war ein richtiges erstes Date. Er ist so toll." Sie glühte förmlich, während sie sprach. „Das hört sich gut an, also ist sie nicht seine Frau. Und jetzt, wo du es sagst, in ihrer Personalakte stand, sie sei ledig." Ich dachte nach. „Wieso erzählst du mir das erst jetzt? Ich hätte doch schon viel früher mit ihm gesprochen, wenn ich gewusst hätte, dass er nicht verheiratet ist." Susi sah mich zornig an. „So, bist du sicher?" Meike half mir über, wie nett von ihr. „Was hat er denn zu deiner Schwangerschaft gesagt?", bohrte sie weiter. „Na ja ...", Susi wurde etwas kleinlaut, „es war so ein schöner Abend, ich wollte ihn nicht kaputt machen." „Mensch, Susi, das geht doch nicht, du wolltest ihm doch reinen Wein einschenken, das war doch dein Ziel?" Meikes Wut von heute Morgen hatte sich noch nicht verzogen, das merkte man ihr deutlich an. Und jetzt hatte sie etwas Neues zum Aufregen. Ich wollte nicht auch noch auf sie einreden, aber: „Susi, du musst es ihm sagen, wenn du eine ehrliche Beziehung mit ihm willst, und sieh es mal so, es ist doch was Schönes, Vater zu werden, er freut sich sicher." Susi war nun nicht mehr so euphorisch. „Aber wenn er jetzt denkt, dass ich ihn nur wegen des Kindes haben möchte, was, wenn er denkt, ich meine es nicht ernst? Ich könnte es ihm nicht einmal verübeln. Vielleicht denkt er auch, ich will ihm ein Kind unterschieben? Ich wollte diesen schönen Abend einfach nicht kaputt machen, er war so schön. Was soll ich nur tun?"

„Sag ihm die ganze Wahrheit, entweder er glaubt dir oder er ist nicht der Richtige." Meike brachte es auf den Punkt. „Genau davor habe ich Angst, dass er glaubt, ich bin nicht die Richtige." Ich wollte Susi helfen, aber wie? „Hör zu, wir machen einen Plan, du sagst ihm die Wahrheit und vergiss nicht zu sagen, dass es dir leidtut, und wenn er sich wie ein Arsch verhält, dann verhauen Meike und ich diesen Peter, na, wie klingt das?" Sie musste lachen. „Na, das nenne ich einen Plan, aber so weit werde ich es nicht kommen lassen, ihr habt recht. Er kommt heute Abend und wenn es beim zweiten Date nicht beim Küssen bleiben soll, muss ich ihm wohl vorher sagen, wie es mit mir steht." Nach dem Essen gab es noch für Susi eine „Viel-Glück-Umarmung" und für Meike eine „Starke-Nerven-Umarmung", danach machte ich mich schnell auf den Weg in den Verlag. Irgendwie war ich jetzt richtig neugierig auf die Überraschung. Frauen sind doch von Natur aus neugierig. Ich wunderte mich über mich selbst, dass ich es so lange aushielt. Aber trotzdem fuhr ich ein bisschen schneller als erlaubt.

Im Verlag endlich angekommen, erwartete mich Marc schon aufgeregt. Er schloss die Bürotür und tat sehr geheimnisvoll. Er strahlte mich an. „Was ist los, nun sag schon, langsam werde ich ungeduldig." Er setzte sich breit grinsend vor mich und legte mein Kinderbuch auf den Schreibtisch. „Du bist die Beste!" Jetzt küsste er mich. „Und um mir das zu sagen, machst du so eine Geheimniskrämerei? Marc, aus dem Alter sind wir doch raus." Ich musste lachen. Was geht nur manchmal in ihm vor? „Erinnerst du dich an einen Bert Spangler, mit dem du dich bei der Buchmesse unterhalten hast? Du hast seiner Tochter aus dem Buch vorgelesen." Eigentlich nicht, ich hatte mich mit so vielen Menschen unterhalten und so vielen Kindern vorgelesen. Ich könnte mal die ganzen Visitenkarten durchgehen, die noch immer in meiner Handtasche rumkullerten.

Vielleicht war seine dabei. Ich schüttelte den Kopf. „Jedenfalls ist dieser Bert Spangler ein aufstrebender Jungregisseur und er und seine Tochter waren so begeistert von deinem Buch, dass er es verfilmen will, na, was sagst du? Die Abenteuer der kleinen Waldhexe Manga bald im Fernsehen." Er sprühte vor Freude. Ich konnte es nicht fassen. Erst das Buch, dann ein Film? „Wir sind gerettet. Anna hat einen tollen Finanzplan erarbeitet, wir haben den benötigten Kredit von der Bank bekommen und jetzt wird dein Buch verfilmt. Das ist toll, Francis. Ich bin so stolz auf dich!" Ich war irritiert: „Anna? Wer ist Anna?" Dumme Frage, ich kannte die Antwort bereits. „Na Anna Siemers, unsere Finanzcontrollerin", strahlte Marc. Offensichtlich hat er die Zeit ohne mich damit verbracht sich mit Anna anzufreunden und war bereits beim vertrauten Du. Und da ich nun wusste, dass Anna nicht mit Peter verheiratet war, sondern doch bloß seine Schwester, kam meine Eifersucht der vergangenen Woche wieder zurück. Anna, die Worte brannten in meinem Kopf, Anna. Hatte ich mich täuschen lassen? War sie doch hinter meinem Mann her? War das letzte Nacht nur der „Schlechtes-Gewissen-beruhi-gen-Sex", dann hatte er sich verdammt viel Mühe gegeben. Männer tun so et-was, wissenschaftlich gesehen sei der Mann zur Monogamie nicht fähig. Män-ner müssen Samen verbreiten, um den Fortbestand der Art zu sichern. Männer können mit einer Frau schlafen, die sie wirklich lieben, und parallel einfach nur zwanglosen Sex mit einer anderen Frau haben. Oft genug habe ich das erlebt in meinem Bekanntenkreis. Oft genug liest man solche Geschichten. War mein Mann auch so einer?

Nein, niemals, meldete sich mein Ver-stand zurück. „Francis, was ist los? Freust du dich gar nicht? Ein gewisser Herr Wattermann hat den Bert Spangler zu dir geschickt. Kennst du den?" Marc riss mich aus meinen Gedanken. „Ach, Willi, ja, den kenne ich noch aus Berlin. Ein gut aussehender charmanter Mann. Wir haben uns zufällig getroffen und wa-ren einen Abend aus." Ich konnte nicht anders, die Eifersucht übermannte mich und legte mir die Worte in den Mund. Aber Marc schien den Wink oder meine ungewollte Absicht nicht zu verstehen. „Toll, dass du auch einen alten Bekann-ten getroffen hast, es war sicher eine aufregende Woche für dich. Gut, dann mach ich jetzt einen Termin mit Herrn Spangler aus, ich rufe dann gleich unseren Anwalt an, damit er einen Vertragsentwurf fertigt. So, Liebling, ich muss noch mal zu Anna, die Quartalszahlen durchgehen. Wir sehen uns heute Abend." Er gab mir einen flüchtigen Kuss und spazierte, immer noch gut gelaunt, aus dem Büro. Ich hingegen saß, noch immer leicht geschockt von der neuen offensichtlich engeren Zusammenarbeit zwischen Marc und Anna, in seinem Büro und versuchte die Dinge zu ordnen. Wieso war ich nur so eifersüchtig? Ich meine, sie sah toll aus, war vermutlich Single, war gebildet und rettete den Verlag gerade aus einer Finanzkrise. Ich war seine Ehefrau, habe ihm zwei Kinder geschenkt und gerade ein Buch geschrieben, was jetzt noch verfilmt werden soll. Mindestens 2 : 0 für mich, oder? Ich mochte diese Siemers einfach nicht, sie brachte alles durcheinander. Ich will sie hier nicht haben, nicht so nah bei meinem Mann. Die Tür ging auf: „Marc?" Ihre Stimme traf mich wie ein Pfeil. „Nein, hier ist nur seine Frau", knurrte ich gereizt. „Oh, das tut mir leid, wir waren verabredet, tja, er wird sicher gleich kommen, ich kann ja so lange warten und Ihnen Gesellschaft leisten. Er hat Ihnen doch sicher schon von der Verfilmung Ihres Buches erzählt. Sie können mächtig stolz auf sich sein. Herzlichen Glückwunsch." Sie hielt mir ihre Hand mit den perfekt manikürten Nägeln hin und lächelte freundlich. „Ach, Sie wissen es auch schon", erwiderte ich kühl. „Ja, ich habe zufällig das Telefonat mitbekommen." Das könnte ich wetten. Zufällig, als du um meinen Mann herumgeschlichen bist. Ich kochte innerlich, lächelte aber versucht freundlich zurück. „Tja, manchmal hat man eben ein bisschen Glück im Leben. Aber noch ist der Vertrag nicht unterzeichnet." „Ach, Anna, da bist du ja, wir müssen uns verpasst haben, gerade war ich in deinem Büro. Hast du die Quartalszahlen dabei?" Sie zeigte auf die Mappe in ihren Händen und nickte. „Gut, dann Schatz, entschuldigst du uns bis später und freue dich ein bisschen, dass ist heute ein toller Tag." Er gab mir einen Kuss und verschwand mit Anna im Besprechungsraum nebenan.

Als Marc abends nach Hause kam, war mein Eifersuchtsanfall fast verraucht. Ich hatte den ganzen Nachmittag geputzt und mir eingeredet, dass ich eine glückliche Ehe führte und keinen Grund hatte, daran zu zweifeln. Es wird immer attraktive Frauen in seiner Nähe geben, solange ich die Eine war, und das war ich zweifellos, war doch alles in Ordnung. Und nachdem meine Küche blitzte, war ich mir auch sicher, dass es so war. „Und wie war dein Nachmittag?", fragte ich ihn betont interessiert. Ich wollte ihm zeigen, dass alles in Ordnung war und meine Verstimmung vorhin vorbei war. „Oh, gut. Ich habe Herrn Spangler erreicht. Leider kann er nicht nach München kommen, also fahren Anna und ich nächste Woche nach Koblenz, um über die Filmrechte zu verhandeln." „Nein, das tust du nicht!", platzte es aus mir heraus. Die brennende Eifersucht entflammte wieder. Erschrocken sah er mich an: „Wieso nicht? Habe ich einen Termin verpasst, ist irgendetwas nächste Woche?" „Das nicht, *du* kannst fahren, aber nicht mit dieser Siemers." So, jetzt war es raus. „Sei nicht albern, was hast du gegen Anna? Sie ist ein Ass, wenn es um Finanzen geht. Sie kennt sich aus." „Nimm mich mit, es ist mein Buch, oder? Merkst du denn nicht, wie sie dich anhimmelt? Ich

will nicht, dass du mit ihr allein irgendwo hinfährst, und schon gar nicht über
Nacht." Ich verschränkte trotzig meine
Arme. Marc schnaufte verärgert: „Sag
mal, bist du nicht ein bisschen zu alt für
Eifersucht? Ich hab doch auch nicht mit
den Hufen gescharrt, nur weil du mit einem alten Bekannten namens Willi Wattermann einen Abend in Leipzig verbracht hast." Gut, er hatte wenigstens
zugehört. „Das ist etwas anderes", murmelte ich. „Willi und ich sind alte Freunde, mehr nicht." „Genau, und ich schät-
ze Anna fachlich sehr. Sie hilft den Verlag wieder in die richtige Richtung zu
bringen. Was ist falsch daran?" Er schüttelte den Kopf und verschwand im Arbeitszimmer. Eigentlich war ich noch gar
nicht fertig mit ihm, aber ich hatte keine
Gelegenheit mehr, das Thema noch mal
aufzugreifen. Ich ging ins Bett und
schlief in dieser Nacht sehr unruhig. Irgendwann gegen halb zwei schlich Marc
ins Bett. Ich tat so, als ob ich tief und
fest schlafen würde, hörte aber genau
seinen Atem und ärgerte mich über
mich selbst. Er hatte sich mit dem
Rücken zu mir gedreht. Ich wollte mich
an ihn rankuscheln, traute mich aber
nicht. Irgendwann schlief ich ein.

„Er hat sich verhalten wie ein Arsch, Francis." Susi schluchzte in das Telefon. „Was ist passiert?" Ich hatte es fast geahnt. Es wäre auch zu einfach gewesen. „Er hat den Mutterschaftspass gesehen und mich gar nicht zu Wort kommen lassen, er hat mich gefragt, ob es meiner sei, und als ich mit dem Kopf genickt habe, hat er seine Jacke genommen und ist einfach rausgerannt. Er hat noch gesagt, dass ich mir das ja fein ausgedacht hätte, und irgendetwas von einem Kuckuckskind. Und jetzt geht er nicht mehr an sein Telefon und ich kann es nicht aufklären, was soll ich jetzt nur tun?" Männer! Es hätte mich auch gewundert, wenn dieses Exemplar anders wäre. Warum gibt es nicht diese gefühlvollen, verständnisvollen, romantischen Männer wie im Film. Wo sind bloß die Patrick Swayzes und Brad Pitts dieser Welt? Männer und ihr Samenstolz. „Susi, du tust gar nichts, hörst du, ich kümmere mich drum." Bevor sie etwas sagen konnte, legte ich auf. Diesem Peter Siemers werde ich mal richtig die Meinung geigen, der spinnt wohl. Auf meiner Fahrt in den Verlag war ich wild entschlossen seiner Schwester die Adresse

zu entlocken, um ihn anschließend auf-
zusuchen und ihm meine Meinung zu sagen. Aber je länger ich fuhr, umso düm-
mer fand ich die Idee. Aber ich hatte
eine bessere. Ich drehte um, fuhr nach
Hause und machte meinen Laptop an
und dann schrieb ich die beste Kolumne
meines Lebens. Zumindest dachte ich
das zu diesem Zeitpunkt.

Die Woche verging wie im Flug. Ich
schnitt das Thema Anna Siemers nicht
noch einmal an und versuchte freundlich
zu sein. Marc hatte meinen kleinen Aus-
bruch offensichtlich schnell vergessen.
Er kam am späten Abend aus Koblenz
zurück und strahlte über das ganze Gesicht. „Es wird bestimmt ein toller Film.
Bert kommt in 2 Wochen und dann
kannst du mit ihm über die Umsetzung
sprechen. Er hat tolle Ideen, aber ich
habe ihm gesagt, heute geht es nur ums
Geschäft und der Rest nur mit dir, mein
Schatz." Wie konnte ich nur an ihm
zweifeln? Ich kam mir dumm vor. Wir
sind ein Team, das beste. „Morgen feiern
wir ein bisschen im Verlag. Wir machen
Brunch, dann können alle ihre Familie
mitbringen. Das war Annas Idee", fügte
er noch leise hinzu. Sie dachte sogar an

die Familien. Wie nett, wie konnte ich diese Person nur nicht mögen? „Das ändert nichts, ich denke immer noch, sie hat ein Auge auf dich geworfen", ich versuchte zu lächeln. Er lächelte zurück. „Denk, was du willst, ich weiß es besser." Es klingelte an der Tür. Susi stand mit der Zeitung in der Hand sichtlich wütend vor mir. „Wie konntest du nur? Meine Geschichte liest jetzt die ganze Stadt? Spinnst du? Ich dachte, du bist meine Freundin!" Sie hielt mir die Zeitung vor die Nase. „Du kannst doch nicht so was schreiben, über mich und und ..." Sie rang nach den Worten, Tränen strömten über ihr Gesicht. „Susi, ich ... ich dachte, ich helfe dir. Wenn er das liest, dann wird er verstehen." Sie schmiss mir die Zeitung vor die Füße, drehte mir den Rücken zu und lief zu ihrem Auto. „Warte, so warte doch mal." Ich wollte ihr nachlaufen. Sie blieb kurz stehen, drehte sich um und sah mich wütend, oder nein, eher enttäuscht an: „Meine beste Freundin hätte mich vorher gefragt, bevor sie mein Leben veröffentlicht." Dann stieg sie ein und fuhr weg. Ich war wie gelähmt. Was hatte ich mir nur dabei gedacht? Wie konnte ich nur? Das Telefon klingelte. „Meike hier. Sag mal, Francis, hast du das geschrieben? Weiß Susi von deiner Kolumne in der heutigen Ausgabe?" „Ja, sie war gerade da und hat mir, glaub ich, die Freundschaft gekündigt. Aber ehrlich, Meike, das hab ich nicht gewollt, ich wollte ihr doch nur helfen." „Indem du ihre Gefühlswelt der Welt offenlegst. Ich glaube, das hast du richtig verbockt." „Das glaube ich auch."

Auch in dieser Nacht konnte ich nicht schlafen. Ich wälzte mich hin und her. Marc stöhnte und legte den Arm um mich. Es war, als wollte er mich festhalten, damit ich endlich still liegen blieb. Aber ich konnte nicht schlafen. Ich stand auf und schrieb an meinem Roman. Als ich noch ein Kind war, habe ich auch meinen Kummer immer in Zeilen geschrieben. Erst schrieb ich Tagebücher voll, später schrieb ich Kurzgeschichten und Gedichte über alles, was mich bewegte. Liebeskummer, Schulstress oder Zickenkrieg mit den Mädels. Im Schreiben fand ich immer Ruhe. Und so schlief ich irgendwann gegen 4 Uhr morgens am Schreibtisch ein.

Der nächste Tag sollte nicht besser werden. Ich fühlte mich schlecht. Meine Arme schmerzten von der unbequemen

Nacht am Schreibtisch und ich hatte Nackenschmerzen, die sich langsam über meinen Kopf ausbreiteten und nun gegen meine Schläfen pochten. Alles lief mechanisch ab. Ich zog die Kinder an, wir setzten uns ins Auto und fuhren in den Verlag. Marc hatte ja zum Brunch eingeladen. Ich hatte keine Lust, versuchte aber trotzdem alle Hände zu schütteln und zu lächeln. Und dann betrat Frau Anna Siemers den Raum mit einer bildschönen brünetten Frau an der Hand. Es war die Frau auf dem anderen Foto. Sie kam zu Marc und mir, begrüßte Marc mit einem Küsschen auf die Wange, reichte mir die Hand und: „Darf ich vorstellen, mein Chef, Marc Jones, seine Frau, Francis Jones, meine Frau, Maria Siemers." Und dann wollte ich vor Scham im Boden versinken. Ich konnte mich nicht sehen, aber mein Gesicht brannte vor Hitze. Ich muss feuerrot angelaufen sein. „Geht es Ihnen nicht gut, Frau Jones?" Maria Siemers reichte mir die Hand. „Doch, angenehm, sagen Sie doch Francis zu mir." Meine Stimme klang trocken, ich musste husten. Und dann passierte noch etwas. Ich blickte zur Tür und sah Susi mit Peter Hand in Hand. Das war alles nicht echt. Ich träumte. Susi kam auf mich zu, nahm mich in den Arm und ich verlor den Boden unter den Füßen. Mir wurde schwarz, Müdigkeit übermannte mich, mir war schlecht und plötzlich war alles still um mich herum.

„Sie wacht auf! Francis, was machst du denn für Sachen?" Es war Marcs Stimme, die mich ins Leben zurückholte. Erst war noch alles verschwommen, aber so langsam wurde alles klarer. Ich lag in einem Krankenbett. War ich im Krankenhaus? Ich hatte einen Tropf am Arm. „Was ist passiert?" Ich sah mich um. Da standen Marc, Susi, Peter, Anna und Maria Siemers. „Du hattest einen Kreislaufzusammenbruch. Der Arzt sagt, du hast zu wenig Flüssigkeit zu dir genommen und hattest vermutlich zu viel Stress und zu wenig Schlaf, aber das wird wieder. Morgen können wir dich wieder mit nach Hause nehmen. Er will dich nur eine Nacht zur Beobachtung hierlassen." Marc hielt meine Hand, der Schreck stand ihm noch auf der Stirn. Susi kam zu mir ans Bett. Sie sah besorgt aus: „Es tut mir leid. Entschuldige, dass ich dich so angeschrien habe. Du hattest recht. Peter hat es gelesen und …", jetzt trat er zu mir ans Bett, „… es war die beste und ehrlichste Kolumne, die ich je gelesen habe. Danke." Ich sah in die glücklichen Gesichter und hörte die Kinder auf dem Gang hin und her rennen. Was war ich doch für ein Glückspilz.

Tja, so läuft das manchmal im Leben. Es geht immer rauf und runter. Krise und Erfolg wechseln sich häufig ab. Mein Buch wurde verfilmt. Der Film war mäßig erfolgreich, jedenfalls waren unsere Geldsorgen gelöst. Harry und Jane waren mächtig stolz auf ihre Mutter und Marc schenkte mir ein Liebeswochenende in Venedig. Susi und Peter bekamen eine wunderschöne Rosalie und Meike und ich ein Patenkind. Ich konnte meine Eifersucht überwinden und bald gehörten Anna und Maria Siemers quasi mit zur Familie. Und was das Beste war, ich hatte für meinen Roman ein Happy End. Und wenn Sie mich fragen, Schmetterlinge fliegen weg, was bleibt, ist die wahre Liebe. Die Liebe zum Leben.

Zeitfracht Medien GmbH
Ferdinand-Jühlke-Straße 7
99095 Erfurt, Deutschland
produktsicherheit@kolibri360.de